ハヤカワ文庫 JA

〈JA1433〉

筒井康隆、自作を語る

筒井康隆

日下三蔵・編

早川書房

8517

目次

第一部　筒井康隆、自作を語る

第二部　自選短篇集　自作解題

編者挨拶

この本の前半部分を占めるインタビュー「筒井康隆、自作を語る」は、二〇一四年十一月から一七年四月にかけて出版芸術社から刊行された《筒井康隆コレクション》（全七巻）の奇数巻刊行時に、予約購入者を対象に開催された同題のトークイベントを再録したものです。

さまざまなイベントを主催している「Live Wire」の井田英登さんと出版芸術社の池田真依子さんのプロデュースによるこの催しは、新宿文化センターにおいて、一四年十一月二十三日、一五年十月十七日、一六年五月十五日、一七年十一月十二日と、四回にわたって開催されました。

当初、このイベントの模様は、出版芸術社から《筒井康隆コレクション》の別巻的な位置づけで刊行される予定でしたが、早川書房から、どうせ活字にするなら先に雑誌に連載してはどうか、との申し出をいただき、同社の隔月刊誌〈SFマガジン〉の一七年六月号から一八年八月号まで、八回にわたって文字起こしが連載されました。これは分量の都合で、イベント一回分を二回に分けて掲載したものです。

雑誌掲載もそろそろ終りが見えてきた頃に、池田さんが出版芸術社を退職され、同社からの刊行企画が宙に浮いてしまう事態となりましたが、早川書房〈SFマガジン〉の塩澤快浩編集長と溝口力丸さんが、単行本もうちで出しましょう、と申し出てくださり、お蔵入りを免れることが出来ました。関係各所との調整に尽力してくださった井田さん、池田さん、塩澤さん、溝口さんには、深く感謝いたします。

第二部に収めた著者インタビューは、二〇〇二年五月から〇三年三月まで徳間文庫から隔月ペースで刊行されたテーマ別自選短篇集（全六巻）の巻末に掲載されたものです。各作品の成立事情や、執筆当時のエピソードが、かなり詳しく語られており、長篇と単行本が主体だった第一部のインタビューを補完するような内容になっていると思うので、ここに収録させていただきました。本書への再録を快諾してくれた徳間書店の加地真紀男編集長は、自選短篇集シリーズ刊行時の担当編集者でもあります。当時、まる一年も筒井邸に通って、昔の話を根掘り葉掘りうかがう、という幸せな仕事を依頼してくれたことも含めて、改めて感謝します。

第三部には筒井康隆全著作リストを収めました。一七年八月にハヤカワ文庫JAから刊行した『日本SF傑作選1　筒井康隆　マグロマル／トラブル』にも著作リストを付けましたが、ページ数の制約から、書名・出版社・発行年月日のみの簡易版とせざるを得ませんでした。本書では、短篇集やエッセイ集の収録作品タイトルまで明記したので、インタビューの文中に登場した作品が、どの本に入っているかを、手軽に確認していただけると思います。筒井作品の蒐集、探索のお供に、ぜひ活用してください。無論、このリストは編者一人の力では、とうてい作成し得なかったもので、平石滋さん、尾川健さんら、筒井康隆研究の先達の方々が整理したデータを参考にさせていただきました。ありがとうございます。

そして、筒井康隆さんご本人に、最大級の感謝を。日本SFを代表する作家というだけでなく、SF界黎明期の生き証人であり、また役者でもある筒井さんは、トークイベントでもサービス精神あふれる緩急自在の語りで、大いに観客を沸かせてくれました。編者としては、その興奮の様子が紙面でも再現できていることを願うばかりです。

筒井作品をこれから読んでみようという人、筒井作品に取り憑かれてあらかた読み尽くしてしまった人、日本SF史に興味のある人、すべての人に楽しんでいただける本を目指して作った一冊です。千変万化の筒井ワールドを探索するガイドブックとして、役立てていただければ幸いです。

〔ハヤカワ文庫JA版のための付記〕

二〇一八年九月に本書の元版を早川書房から刊行したところ、予想を上回るご好評をいただき、たちまち版を重ねたばかりか、翌年七月に埼玉県の大宮ソニックシティで開催された第五十八回日本SF大会において、第五十回星雲賞ノンフィクション部門を受賞するという栄誉に浴した。日下にとっては初めての、筒井さんにとっては八回目（原作作品を含めれば十回目）の星雲賞受賞ということになる。投票してくださった読者の皆さん、ありがとうございました。

文庫版のボーナストラックとして、復刊ドットコム《筒井康隆全戯曲》の完結を記念して二〇一七年三月二十六日に八重洲ブックセンターで開催されたトークショーを新たに収録した。このイベントの模様が活字になるのは、今回が初めてである。《筒井康隆全戯曲》は二〇一六年五月から一七年二月にかけて全四巻を刊行したシリーズで、編者としては《筒井康隆コレクション》の姉妹篇のつもりで編んだものだから、ここに収めることができてホッとしている。

編者敬白

筒井康隆、自作を語る

第一部　筒井康隆、自作を語る

インタビュアー&構成・日下三蔵

「Live Wire」イベントポスター

＃1
日本ＳＦの幼年期を語ろう
（前篇）

■ＳＦとの出会い

――出版芸術社から《筒井康隆コレクション》というシリーズを始めるに当たって、まず考えたのは、いまはたまたま品切れであっても筒井さんの作品は過去には売れた本ばかりですから、ただハードカバーでまとめ直しただけだと古いファンには喜ばれないだろうと。だから名著として名高い入門書『ＳＦ教室』をほとんど原本どおりに収録したり、〈ＮＵＬＬ〉の復刻をつけたりと、いろいろ工夫しております。

筒井　よくまあ、こんな分厚い本を出してくれました。

――全集に入らなかった短篇や関連資料を掘り起こしたりして、ホントに「コレクション」というつもりでやっています。一巻には『48億の妄想』と『幻想の未来』、二巻には

『霊長類南へ』と『脱走と追跡のサンバ』と、かなり初期の作品がまとめて入りますので、この機会に筒井さんのデビュー直後の活動とその時期のSF界の動きについてお話をうかがいたいと思っています。

筒井 しぶとく生き永らえて、一人勝ちしております（笑）。なんでもどうぞ。

——ウエルズの『宇宙戦争』などを別にすると、筒井さんがSFを最初に意識したのは、《ハヤカワ・ファンタジイ》（後の《ハヤカワ・SF・シリーズ》）からですか？

筒井 そうですね。ハヤカワのポケット・ミステリはずっと読んでいたんです。アガサ・クリスティーとか、E・S・ガードナーの《ペリイ・メイスン》シリーズとかディクスン・カー。ただ、だんだんミステリに飽き足らなくなってきた頃に、大阪駅前にあった旭屋書店であの銀色の背表紙の二冊を見つけまして。

——第一回配本はジャック・フィニイ『盗まれた街』とカート・シオドマク『ドノヴァンの脳髄』。発売は一九五七年十二月でした。

筒井 それを二冊とも買いまして、家に帰ってきて縁側で日に当たりながら読んだら、そのためなのか鼻血が出たほど、もう面白くて面白くて。これですっかりSFにハマってしまった。それが最初ですね。

——大学を卒業されて乃村工藝社に入社した年だからサラリーマン一年目ですね。六〇年に〈NULL〉を創刊されるわけですが、ご家族で同人誌を作るという非常に珍しい試みでした。これを出そうと思われたのはなぜですか？
筒井　その少し前に〈ＳＦマガジン〉が出たでしょう。
――五九年の年末に創刊号（六〇年二月号）が発売されています。
筒井　あれを読んでＳＦの短篇だけで雑誌が出せるんだ、短篇だって面白いんだ、と思ったのが一つ。自分でもこういうものなら書けるかもしれないと思ったことが、もう一つですね。ただどうやって売り込みをしたらいいのかが分からない。
――当時はまだＳＦの新人賞もありませんでした。
筒井　だからちょっと変わったことをしてマスコミに取り上げられたら売れるんじゃないかと考えたわけです。
――いまでいうマーケティング戦略ですね。
筒井　弟たちがね、割とまあ文才があったので、あいつらを引きずり込んで、父親にもち

『盗まれた街』と『ドノヴァンの脳髄』（ハヤカワ・ＳＦ・シリーズ、一九五七）

ょっと協力してもらって。家族全員で同人誌を出したってことになると、まあ、マスコミも注目するだろうと。

——狙いどおりでしたね。

筒井　いろんなところから取材の申し込みが来ましたよ。中には中身を読まないでくるところもあったりして。〈週刊女性〉とかね。だからSFがどうこうというより、家族で同人誌を出したということの方が珍しがられた感じですね。

——〈NULL〉は、印刷代が三万五千円もかかったそうですが。

筒井　ええとね、三万六千五百円だったと思います（笑）。

——月収一万円のころに三万六千五百円となると、ボーナスを全部つぎこむような形ですね。

筒井　まあそうですね。少しは親からも出してもらったと思いますけれども、やっぱり苦しかったです。ですから、本当は定期的に出したかったけれど、だいぶ間隔はあいたと思いますね。

——年に三冊ぐらいのペースで。

筒井　そうですね。

——創刊号に載った「お助け」が、江戸川乱歩編集の探偵小説誌〈宝石〉にさっそく転載されました。

筒井　このときは、弟たちと一緒に三作載りました。江戸川乱歩氏から丁重な手紙が来まして、私の「お助け」と次男の正隆の「二つの家」、それから三男の俊隆の「相撲喪失」を一挙に載せたいということで、大喜びしましたよ。いま、ぼくを見出してくれたのは江戸川乱歩だというと、みんな「ええっ」とびっくりするんだよね。
——若い人にとっては、もう歴史上の人物ですからね。
筒井　私もそろそろ歴史上の人物です（笑）。

■江戸川乱歩邸訪問

——このときは、東京に呼ばれて、乱歩さんにあいさつに行かれて。
筒井　〈宝石〉編集長だった大坪直行さんと一緒に、池袋のお宅に伺いまして、乱歩さんは目が痛かったのか、浴衣姿で片目をおさえて出てこられましたね。応接室に通してくださったんだけども、背の高い椅子があって、そこへ座れというんですね。乱歩さんはスツールみたいな低い椅子に座って、下から見上げるようにして話しかけてくるので、ちょっと恐ろしかったですね（笑）。あの高い椅子を見たときは、これが人間椅子かと（笑）。あとで聞いたら、僕より前に大藪春彦が乱歩さんに見出されて呼ばれたんですね。彼はやっぱり同じ椅子に座らされて、乱歩さんがなかなか出てこないものだからグーグー寝ちゃったらしいです。わざとじゃないかと思うんですね、寝れるもんじゃないです、あれはね。

——大藪さんはあとで、あんまり緊張したので、というようなことを言われていますね。江戸川乱歩さんは、ハードボイルドはよくわからないと言いながら大藪さんを載せたり、SFは知らないと言いながら星新一さんや筒井さんを載せたりと、編集者としての才覚も非常にあったんですね。

筒井　あの『野獣死すべし』、あれは傑作ですよ。最初に〈宝石〉に載ったのを読んで飛び上がりましたもの。こういうことができるのかとびっくりしました。

——乱歩邸訪問の後は、どうされたんですか？

筒井　大坪さんと一緒に、宝石社へいったん戻ったのかな。その日とは別の日だったと思うけど、星さんが宝石社にやってきて、そのときに初めて会ったんです。夏でしたからね、彼は上は白いワイシャツ一枚で、下駄履きで、原稿用紙だか本だか知らないけど、風呂敷包みを持っていた。それで大坪さんと三人で銀座をうろうろして、喫茶店で長々としゃべったりして。今、ヒッチコックが「サイコ」という映画を撮っているらしいけど、どんなんだろうなと言って。まだ日本に来ていないので楽しみにして。そんなことがありました。

——本当に歴史上のひとコマという感じですね。星さんは一九五七年にデビューされているんですけど、このころはまだ本は出ていないですね。ただ〈ヒッチコックマガジン〉ですとか〈宝石〉とかにいっぱい書かれて、〈SFマガジン〉にもこの年に既に書いています。

筒井　そのときの〈ヒッチコックマガジン〉の編集長が中原弓彦（小林信彦）で、宝石社で紹介してもらいました。しばらく後で三男の俊隆を連れて東京に行ったとき、彼とお茶を飲みながら話をしていると、俊隆というのが色が白くて、ちょっと外人っぽいんですよ。小林信彦は「筒井さんは外国の血が流れているんですか？」なんて（笑）。

──小林信彦さんは〈宝石〉の読者で、投稿マニアだったんですね。そうしたら乱歩さんに呼ばれて、「きみ、そんなに好きなら書評を書きなさい」って、書評担当になってしまった。さらに、〈ヒッチコックマガジン〉の編集をやられたわけです。まだ二十代ですね。

筒井　まあ、乱歩さんはいろんな才能を発掘する、すごい人だったと思いますね。批評眼が凄かったし。

■集まるＳＦ第一世代たち

──翌年、六一年に早川書房の第一回ＳＦコンテストが開かれるんですが、このときは応募はされなかったんですか？

筒井　ええと、ぼくはこのころは乃村工藝社にまだいたか、あるいは、乃村工藝社を辞めて、梅田の梅ヶ枝町のビルの三階に事務所をかまえて、ヌル・スタジオというデザインスタジオをやっていましたね。

――六一年の七月にヌル・スタジオを設立されています。

筒井　退社とスタジオ設立で忙しくてコンテストに応募している時間がなかったんだと思います。

――その後、眉村（卓）さんや小松（左京）さんと仲良くなられた？

筒井　ヌル・スタジオの向かいに宇治電ビルという大きなビルがあって、その中に大阪窯業耐火煉瓦という会社が入っていたんだけど、眉村さんはそこの社員でした。

――事務所の前のビルに眉村さんが（笑）。

筒井　まったくの偶然ですけどね。彼はもう毎日のように遊びに来て、話をしていきましたね。小松さんもそのうち来るようになった。小松さんの名前を知ったのも、やっぱりコンテストがきっかけだったと思いますね。

――この年から〈宇宙塵〉に作品を発表されていますね。柴野拓美さんと〈NULL〉を交換する形でした。

筒井　そうです。ただ、〈宝石〉は最初の作品が載った後にもいくつか短篇を送ったんですが、最初のうちはなかなか載せてもらえませんでしたね。そのうち「これは」と思ったものは、だいたい載せてくれるようになった。「廃墟」とか「トーチカ」とか。

――「トーチカ」！　作品のキモのルビをすべて削られた問題の（笑）。

筒井　あれはさすがに後で〈宇宙塵〉にルビがついた形で載せ直してもらいました。

――六二年の第二回ＳＦコンテストに「無機世界へ」を応募されていますが？

筒井　少し前から「幻想の未来」という小説を書き始めていたんですけれど、あれは二百枚ちょっとあったのかな。ただコンテストの規定枚数の五十枚には長過ぎるので、だいぶ苦労して縮めて「無機世界へ」として応募したわけです。だから不本意な出来だったけれど、一応、佳作入選ということで初めて〈ＳＦマガジン〉に名前が載りました。

ＳＦマガジン・東宝株式会社　共同主催

第2回ＳＦコンテスト
入選発表

●入　選

第一席　該当作なし

第二席　該当作なし

第三席　（賞金各三万円）

お茶漬の味　小松左京

収　穫　半村　良

●佳　作　（賞金各一万円）

無機世界へ　筒井康隆

平和な死体作戦　朝　九郎

震える　山田好夫

火星で最後の……　豊田有恒

第二回ＳＦコンテストの最終審査は、去る九月下旬、詮衡委員会およびＳＦマガジン編集部によって行なわれ上記の通り決定いたしました。
今回は前回とくらべ作品の質もやや向上し入選作二点を出しましたが、一、二席の水準に達するものはなく、遺憾ながら空席とするのほかありませんでした。佳作四点は、いずれも甲乙つけがたく、同列としました。従って賞金も上記のようにお送りすることになりました。入選の二作は、一九六三年一月号、三月号に掲載の予定です。また、詮衡委員諸氏のご講評は来月号に掲載します。
第三回コンテストに就いては、ちかく発表の予定です。

ＳＦマガジン編集部

〈ＳＦマガジン〉一九六二年十二月号より

――その後、ヌル・スタジオは大阪のＳＦ関係者の溜まり場になったそうですが。

筒井　眉村さんや小松さんだけでなく、大阪の筒井というのが面白いというので、東京からもいろんな人が訪ねてきてくれました。あなたの作ってくれた年表にメモしてきたんだ。大伴昌司、半村良、森優、柴野拓美、豊田有恒、平井和正、それから手塚治虫。

──オールスターですね（笑）。この年には第一回日本SF大会が開かれています。

筒井　目黒でやったから「MEG－CON」ですね。ぼくも行きました。このときにみんなと知り合ったんですね。そして、この年には〈科学朝日〉に連載を始めている。

──最初はショートショートでした。

筒井　それまで連載していた山川方夫さん、この人今でもぼくはたいへんな天才だと思っていますけど、交通事故でお亡くなりになったんですね。その山川さんのあとを、ぼくにやれという。それで〈科学朝日〉にショートショートの連載を始めました。

──途中からページ数が倍ぐらいになっています。

筒井　やっぱり、これじゃ書き足りないんじゃないかと思ってくれたのかな。途中から枚数をもらって、ショートショートというよりは短めの短篇の連載になりました。このころは独立して、お金もなかったし、ヌル・スタジオを創設したといってもキチンとした株式会社ではありませんのでね。失業保険をもらっていたんですよ。ですから、〈科学朝日〉の原稿料はだいぶ助かりました。

──六三年からは〈団地ジャーナル〉という新聞でもショートショートの連載が始まります。

筒井　これは小松さんが紹介してくれた仕事ですね。眉村さんと小松さんとぼくが交替で書いた。

――必ず団地を題材にする、というキツイ縛りの連載でしたね。

筒井　三人ともあとでそれぞれのショートショート集に入れたんだけど、傑作がけっこうあるんだ。「給水塔の幽霊」なんてのは気に入ってます。ショートショートが得意というわけではないけれど、無理して書いたわりにあとで読み返してみると、自分でもびっくりするようないいものがある。

■ＳＦ作家クラブ誕生へ

――この年の三月に日本ＳＦ作家クラブが設立されました。

筒井　ぼくはまだ〈ＳＦマガジン〉にも書いていないし、最初は入れてもらえなかった。

――筒井さんが入会されるのは翌年ですね。

筒井　眉村さんはぼくより先に入っていたのかな。でも、ぼくは入会する前に誘われて温泉旅行にみんなと行っているんですよ。

――旅館に「ＳＦサッカークラブご一行様」と書かれていたという（笑）。

筒井　どうもクラブに入れる前に、ちょっと人柄を見ようというので呼ばれたらしいんですがね。

――作家クラブは業績よりも人柄重視の体質が色濃く残っているというのを、最近知って驚いたりしましたが。

筒井　まあ、ぼくも入れることは入れたんですが、小松さんから、くれぐれも出処進退に気をつけるように、なんていわれたりして、よっぽど悪い奴だと思われていたらしい（笑）。

――前年の六二年に、東都書房から今日泊亜蘭さんの『光の塔』が出ていまして、これが日本で初めてのSF長篇といわれています。六三年には眉村さんが最初の長篇『燃える傾斜』を、やはり東都書房から出されました。

筒井　これはずいぶん刺激になりましたね。これはやっぱり長篇を書かなきゃダメかなあと思って。乱歩さんのお宅にお邪魔したときに長篇を書くように勧められて、そのときにはとても無理だろうと思っていたんです。でも、眉村さんの本を見て長篇を書き始めたことは覚えています。そういえば、この年の〈SFマガジン〉の増刊に「ブルドッグ」という作品が載っていますが、あれは最初何に載せたんでしたっけ？

――〈宇宙塵〉です。

筒井　久保書店の〈マンハント〉の編集長だった中田雅久さんという方が、この「ブルドッグ」をとても気に入ってくれた。おでこを叩いて喜んだ、と書いてきました。ぼくもハードボイルドの短篇が載っていた〈マンハント〉は好きだったんです。で、しばらくして「ジョプ」という作品を福島（正実）さんのところに持って行ったら、あまり反応がよくなかった。そこで思いついて中田さんのところに持ち込んでみたんです。

――その頃ですと〈マンハント〉は〈ハードボイルド・ミステリィ・マガジン〉という名前に変わって、それも休刊間際だったはずです。

筒井 そうだったのか。中田さんは飯田さんという編集者を紹介してくれました。

――飯田豊一（飯田豊吉）さんですね。

筒井 その人が、もうじき〈サスペンス・マガジン〉という雑誌が出るので、そこに載せましょうというので、大喜びで載せてもらったの。ただ飯田さんが、やっぱり「ジョプ」というタイトルは分からないから「いじめないで」という題にしましょう、というから、じゃあ、そうしてくださいと。

――〈サスペンス・マガジン〉はＳＭ専門誌です（笑）。

筒井 そんなこと、こっちは知らないもんね。それでいくつか載せてもらった後、パーティであった今日泊亜蘭氏が「筒井くん、あまり変なものに書くなよ」って注意してくれて、初めてサドマゾの雑誌だと気がついた（笑）。

――その後はペンネームでもいいよ、ということに。

筒井 それで澱口裏という名前で、精神病院に行ったときのルポだとか〈ＮＵＬＬ〉に載ったものとか、なんやかんや載せてくれました。

――澱口裏は『霊長類南へ』の主人公の名前にも使われていますね。

筒井　そうだ、『48億の妄想』の主人公も字は違うけど折口だった。その頃、気に入って使っていたんでしょうね。

――六二年に光瀬（龍）さん、平井（和正）さん、六三年に小松さん、豊田（有恒）さん、半村（良）さんがデビューしていますが、小松さんはいち早くその年のうちに一般誌の〈オール讀物〉に進出しています。

筒井　最初の長篇の『日本アパッチ族』、光文社のカッパ・ノベルスから出たやつも、よく売れました。あれで福島さんが怒って長文の手紙を書いて、小松さんがあわてて謝りに行ったりしてた。

――小松さんは『アパッチ族』はＳＦじゃなくてファルス（笑劇）のつもりだったとおっしゃってましたが……。

筒井　それは言い訳でしょう。堂々たるＳＦですよ。

――福島さんとしては、やはり新叢書の《日本ＳＦシリーズ》を小松さんから始めたかった。それで小松さんは急いで『復活の日』を書かれたそうです。

筒井　この頃になると、もう〈ＮＵＬＬ〉を出し続けるのがしんどくなってきましたね。別に〈ＮＵＬＬ〉を出さなくても載せてくれるところがあるわけですから。それで十号まででで休刊にしたんだったかな？

――そのあとに別冊のような形で十一号の「ＤＡＩＣＯＮ」特集が出ています。

筒井　そうでした、そうでした。これは最初は家族だけでやっていたんですけれど、ちょっと苦しいということで会員を募集して、年に千いくらか二千いくらか会費を取った。まあ、そんなにたいした金額ではないんですが、会員になった連中のなかには怒り始める人もいました。

――なかなか出ないから。

筒井　払った会費が損だから返せなんていってきた。それで「お間違えのようですが、これは同人のＳＦを集めて載せるための雑誌なので、それならあなたも原稿を書いてください」と返事を書いたらもう何も言わなくなりました（笑）。同人誌というのは、本来そういうものなんですけどね。えーと、「幻想の未来」を〈宇宙塵〉に載せたのは……。

――六四年です。一月から九月まで連載して、ちょうど終了する頃に〈ＮＵＬＬ〉が休刊になっています。

筒井　この「幻想の未来」が、いろいろと物議をかもしましてね。「ＳＦの楽しさを破壊するものである」とか、そういう批判の投書がたくさん来た。そういう投書もいまロビーで売っているコレクションの一巻に、ぜんぶ収録されています（笑）。

――貴重な資料なので入れさせていただきました。

筒井　このコレクションというのは、発掘してきたものを何でもかんでもぜんぶ入れちゃうんだ（笑）。

──いや、これはダメといわれたものは入れませんので、ご安心ください（笑）。

筒井　今回、入れなかったのは例の座談会か。

──はい。連載が終わったあとに〈宇宙塵〉で合評座談会というのがあって、山野浩一さんを除く出席者が、皆さん口をそろえて「よく分からない」といっている。「幻想の未来」の評価が定着したあとにこれを持ち出すのは、ちょっとフェアじゃない感じなので再録はやめておきました。

筒井　合評会のときは作者のぼくはもちろん居なかったわけですが、そのあとで人気投票をやったら、けっこう上位に入ったりしました。で、ぼくは「幻想の未来」に投票したんだけど、柴野さんが困っているんですよ。そりゃ自分のがいちばんいいと思うもんね（笑）。そのときは安岡由紀子さんという同人の方が、「柴野さん、関西ではみんなそうなんです」って説明してくれて、柴野さんもそうなんですかと（笑）。

■ＳＦが知られていなかったころ

──六四年七月に第三回日本ＳＦ大会を主催されていますね。大阪で開かれたので「ＤＡＩＣＯＮ」という名称でした。

筒井　このときも、よくわけがわからないでやりました。で、何をやっていいかわからないんだけど、とにかく、虫プロにお願いして「鉄腕アトム」のまだ放映されていないフィルムを借りてきて上映したりしました。反響は非常によかったですね。あとは、ＳＦ詩の朗読であるとか。このときに、豊田（有恒）くん、平井（和正）くんがやってきて、わが家に泊まったりしてね。このふたりとずいぶん仲よくなって、豊田・平井との蜜月の時代が（笑）。

——三人で合作しようという話も。

筒井　ありました。いろいろやりましたね。お揃いのセーターでボウリングに行ったり（笑）。

『筒井康隆コレクションⅠ　48億の妄想』（出版芸術社、2014）

——資料をみると、ＤＡＩＣＯＮは参加人数百五十人と書いてあります。百五十人って、今日ここにいる人と同じぐらいなんです。

筒井　今日の方が多いんじゃないですかね（笑）。

——現在、ＳＦ大会には毎年千人以上は来ますから隔世の感があります。

筒井　まあ、ＳＦといっても、誰も知らない時代でしたね。友達に、SF作家になるんだなんて言ったらバカにされましたからね。そして、一九六五年に「スーパージェッター」の話が来まして。

——テレビアニメ最初期のSFものです。放送は一月からですから執筆は前年からのはずですね。

筒井　SF作家が一緒に台本を書こうということで。僕と、豊田くんと、半村良、ミステリ作家の山村正夫、加納一朗。赤坂のTBSに集まりましてね。

——あとは眉村卓さん、辻真先さんも。

筒井　眉村さんもそうでしたね。辻真先は当時はまだSF作家クラブじゃなくて、ミステリからの参加でした。

——辻さんは探偵小説誌の〈宝石〉で桂真佐喜としてデビューしています。

筒井　平井くんは、このころ「エイトマン」で売れてましたんで、まあ、彼は呼ばなかったんですね。で、この「スーパージェッター」の版権料が、何かものすごくたくさん出るらしい。それで安心して、じゃあ結婚しようか、ということで四月に結婚して。大阪から上京して、原宿の駅前にある森ビルというところに引っ越しました。今のあの森ビルじゃなくて、小さな森ビルですけれども、その部屋には、独身時代の平井和正がいたんですね。彼が結婚して石神井の方に転居したので、その後に入りました。私の新婚時代の新居です。

——『腹立半分日記』などの記述をみると、平井さんがずいぶん熱心に、上京してきなさいと勧めてくれたみたいですね。

筒井　上京したって、まだ原稿の依頼はないし、持ちこむにしても持ちこみ先は知らないし。それでどうしようかなと迷っていたら、彼が強引に勧めてきたんですね。だから、唯一、「スーパージェッター」の版権料というのをあてにして行ったんですけど、やっぱりそれが入るまでの間は相当に苦しかったですね。

――石川喬司さんがＳＦの解説でよく書かれていた、星新一がみつけたＳＦの国を、小松左京がブルドーザーで整地して、というたとえ話だと、筒井さんはスポーツカーに乗って口笛を吹きながら最後に来るという風に書かれているんですが、このころの年譜をみると、かなり苦闘時代というか。

筒井　まあ、そんな気楽なもんじゃないですね。自分では、僕がいちばん苦労しているんじゃないかという風にすら思いますよ。それから、そうそう、そのときだったかな。〈中三コース〉から〈高一コース〉にかけての。

――「時をかける少女」ですね。

筒井　学研から話があって、やり始めたんですけど、これはやっぱり難しかったですね。中学生、高校生向きに本格的なＳＦを書くというのは初めてだし、相当長い連載になりそうなので、がっちりした話でなきゃいけないしと思って、ずいぶん苦しみました。朝から新宿御苑に行って、アイデアを考えながらウロウロと歩き回っていたことを思い出しますね。ものすごく難しかったです。それまでも、学習誌には短いものをちょこちょこ書いてはいるんですけども。「悪夢の真相」とか。

――「時をかける少女」は、半年ぐらいの連載でしたが、何度もドラマ化され、いまだに映画になったりする息の長い作品になりました。

筒井　ですから、そういう風なことで、なんとか生活は維持していたんですけどね。十月に、ようやくはじめての短篇集が出ました。

――《ハヤカワ・SF・シリーズ》の『東海道戦争』ですね。

筒井　この年は夫婦で、熱海へ旅行に行ってまして。帰りがけに有楽町で降りて、近藤書店に入ったら、自分の本が出ていて。ずいぶん嬉しかったですね。このころには福島さんが紹介してくださった〈ボーイズライフ〉であるとか、〈まんが王〉であるとか、〈鉄腕アトムクラブ〉、これは手塚さんからの依頼ですが。そういうようなところに書いておりました。

――〈ボーイズライフ〉は、だいぶ書き直しというか、内容についての注文が多かったみたいですね。

筒井　そうですね。こちらはこちらで、できるだけ文学的に、なんてなことを考えたりするものですからね、そこはもっとわかりやすくとか、もっとロマンを入れてとか、なんやかんや言われました。編集長が小西湧之助という人でね。

——後に〈ビッグコミック〉をつくる人ですね。

筒井　はい。例えば、「10万光年の追跡者」、これは、悪いエイリアンに誘拐された恋人を追って、どこまでも追跡する男の話なんですけどね。

——原題は「ペルセウスの腕」でした。

筒井　それで、最後はやっぱり、文学性を持たせようとして、取り返しそうになるんだけど、うまくいかないで、また誘拐されちゃうんですね。どこまでも追いかけるぞ、というので、また追いかけていく、というところでラストにしたんです。そうしたら、この小西湧之助は、「やっぱり二人を会わせてやってください」と（笑）。それも、原稿を渡してから言うんだもんね。仕方がないから続きを書き足して、要望通りの結末にしたなんてことがありました。

——『東海道戦争』のすぐあとに、最初の長篇『48億の妄想』が出ているのですが、これは並行して書き進められていたんですか？

筒井　もちろん、そうです。これは集中して書きました。今みると、『東海道戦争』が十月、『48億の妄想』は十二月、ずいぶん早く書いているんですね。このころはこんなに早く書いたのかなと思って驚いた。でもまあ『東海道戦争』の方は短篇集なので蓄積はあったわけですから。コレクションのあとがきにも書きましたけど、『48億の妄想』を、もう五十年ぶりで読み返したんですけど、傑作なんですよ（笑）。

――それはみんな分かっていますよ（笑）。

筒井　こんなもの、今は書けないですよ。よく書いたものだと思います。自分をほめてやりたい。これが出たときに、本が出来てきたというので、早川書房へ行ったんです。福島さんのデスクの前に行くまでに、早川清社長のデスクがあるんですね。「筒井さん、ちょっとちょっと」というので前まで行ったら、「これ、新聞広告です」と言って、『48億の妄想』の新聞広告のゲラを見せてくれたんです。デカデカと自分の写真が載っているんですね。あのときはびっくりしたというか、非常に嬉しかったですね。

■表現を模索していた時代

――この年はまだ、一般の小説誌には進出していない感じですね。

筒井　そうですね、まだですね。〈ＳＦマガジン〉に『馬の首風雲録』を連載しはじめるちょっと前かな。

――『馬の首風雲録』の連載は翌年（六六年）からですね。

筒井　六六年には「ＳＦ新聞」というものを作っています。ＳＦ作家クラブに入れていただいたお礼のつもりで、ＳＦに関する雑多な情報、あるいはＳＦ作家クラブの動向などを私が編集して出しました。三回ぐらいやりましたね。バカバカしいコラムを、それぞれの

『48億の妄想』刊行時の新聞広告（東京新聞1965年12月31日朝刊1面）

人にも頼んで。星さんもめちゃくちゃなコラムを連載してくれました。この「ＳＦ新聞」も、もううちにはないんですよね。

――あっ、そうでしたか。世田谷文学館のＳＦ展（注：二〇一四年七‐九月）でも展示されていましたが、あれはどなたが提供されたのでしょうか。

筒井　うーん、うちにはなかったと思います。探せば、どこかから出てくるかもしれないですね。

――ぜひ復刻したいですね。

筒井　もう、五十年も昔の話なんですけど。そうそう、出てきたと言えばですね、これはだいぶ前のことにさかのぼりますけれども、眉村さんの『燃える傾斜』に触発されて「意識の牙」という長篇を書いたんですね。

――一九六三年ですね。

筒井　最後までは書いてなくて、だいたい三百枚ぐらいだったと思います。これを持ちこんだのが、今の出版芸術社の会長の原田裕さんのところでした。

――東都書房。これは講談社の内部会社でした。

筒井　今日泊さんや眉村さんの作品を出していたので、そこへ持ちこんだんですけど、これは見事に没になりました。やっぱり、表現とか、そういうのがおかしかったんだろうと思います。まだ書きだしたばっかりで、一人称と三人称の区別もよくわからないで書いていたんですね。ただ、あるページに赤い線が引っ張ってあって、ここのところの文章は非常に乾いていていいじゃないですか、とおっしゃったんですね。じゃあ、乾いた文章がいいんだと思って、じゃあ乾いた文章を書くのはいったい誰かというと、ヘミングウェイがいます。そのころまでにも好きで読んではいましたけれども、ヘミングウェイの全集を買ってきて読み直してみたら、一人称が多いわけです。

――ヘミングウェイに影響を受けたと言われるダシール・ハメット、レイモンド・チャンドラーなどのハードボイルド作家も、一人称が多いですね。

筒井　もちろん、その辺はすでに読んでいました。それで一人称で書いてみたら、これがなかなか具合がいいんですね。もともと役者志望でしたから、自分が主役の視点で芝居をやっているようで、スイスイ書ける。だから、原田さんのサジェスションが非常によかったんですよ。

――それで筒井さんの作品には一人称のものが多いのですか！

筒井　ただ、やっぱり、原稿を没にされたというのは腹立たしい(笑)。没にされた原稿を、中之島の淀屋橋の上から土佐堀川のなかに叩きこんだという話を自分で言いふらしたら、それが都市伝説みたいになってしまって。

——東都書房の《東都ＳＦ》では眉村さんの『燃える傾斜』に続いて広瀬正さんの『マイナス・ゼロ』が出る予定でしたが、原田さんの人事異動で流れてしまったんです。《広瀬正・小説全集》に筒井さんが書いた長い解説で、そのとき僕も没になって、原稿を川に捨てた、とショッキングなことが書いてある。

筒井　あそこに書いたんでしたか。

——《広瀬正・小説全集》はみんな読んでいますから、ＳＦファンの間では有名なエピソードです。それが実はつくり話で、原稿がこの前出てきたという。

筒井　つい最近なんですけどね。書庫の本箱の一番下に小さな引き出しがあるんです。何が入っているか、長いこと開けていなかったんですけど、そこを開けたらありました(笑)。読み返したんですけど、やっぱりダメですね(笑)。箸にも棒にもかからない。まあ、歳をとってから、暇をみて、ぼちぼちと書き直したりするかもしれませんけど、恐らくダメでしょうね、これは。その後、またその原稿が行方不明になった。どこにあるかわからない(笑)。

——「意識の牙」というのは、やっぱりテレパシーものなんですか？

筒井　はい。「七瀬」ものの原型といいますか、ちゃんと読み返していないので細かいところまではおぼえていないんですけど、たぶんそうだと思います。主人公は女性ですから。

――『腹立半分日記』には、六四年の年末に、早川書房の書下し長篇『プリズムの女』のプロットを書く、とあるのですが、これはどういった？

筒井　それは、まったくおぼえていない。ただ、『プリズムの女』というタイトルには、おぼえがあります。シノプシスかプロットを持っていかなきゃ長篇を書かせてもらえないのかなと思って、むりやり書いたんじゃないかな。恐らく中身は「意識の牙」と似たようなものだと思います。

――やはり、これもテレパシーものと書かれています。

筒井　じゃあ、きっとそうだ。そのころは、まだ原田さんに断られてショックを受けていましたから、長篇を書くのは、ちょっと自信がなかった。だから、プロットが通ったとしても、恐らくそれは書いてなかったと思います。それに、その後に書いた「東海道戦争」が非常に評判がよかったものだから、福島さんの方からは疑似イベントものの長篇を書けという風に言われたんだろうと思います。

――「東海道戦争」は〈ＳＦマガジン〉六五年七月号に載っています。

筒井　あとで長谷邦夫が漫画にしてくれましたが。『48億の妄想』は疑似イベントものの集大成のつもりで書きました。これは、さっき申し上げた通り、今読み返しても傑作ですから、これはこれでよかったと思いますね。

――《日本ＳＦシリーズ》の分類では「架空事件テーマ」となっていましたが、たしかに初期の疑似イベントものの決定版ですね。現在、街中のいたる所に監視カメラがあるのを見ると、五十年前にこんなことを書かれていたのは凄いと思います。

筒井　そうですね、監視カメラもありますし、それから竹島も出てきますね。日本と韓国が戦争になる。あの小説のなかで実現していないのといえば、タバコをピュッと振ると先端に火がつく。これは実現してないです（笑）。

――そろそろ前半のお時間となりました。ここでいったん小休止とさせていただき、後半では東京に出てこられてからのお話をうかがっていきたいと思います。

＃2 日本ＳＦの幼年期を語ろう（後篇）

――それでは引き続き、よろしくお願いいたします。東京に出てこられて次の年、六六年ですが、〈週刊少年サンデー〉に「細菌人間」という長篇を連載されています。

筒井　「細菌人間」はですね、これは、昔の〈少年サンデー〉とか少年誌はみんなそうだったんだけども、ページの横の空白部分にですね、その作家の住所や何かが全部書いてあるんですね。

――今では考えられないですが、○○先生にはげましのおたよりを出そう、という。

筒井　そうそう、ファンレターの宛先が載ってた。そのためにいっぱい投書が来たんですよ。怖い、怖い、というのが。オバＱが〈少年サンデー〉を読みながら震え上がっているマンガとかね。あれは驚きましたね。

――そんなにたくさん来ましたか。

筒井　だいたい小学生からのハガキでしたね。

――いま、〈少年サンデー〉や〈少年マガジン〉にはマンガしか載ってないですけど、当時は小説のページがけっこうあったんですね。「細菌人間」は二〇〇〇年に私が出版芸術社で単行本にするまで、本になっていませんでした。

筒井　そのときに原田さんと何十年かぶりに再会したんでした。

――おふたりの会話は歴史上の人物の会談という感じで、横で聞いていて役得だと思いました（笑）。実はその時に、没になった原稿を川に捨てたというのは作り話だ、というのをうかがって驚愕したのですが、今回ようやく公式に記録に残せました。

筒井　『細菌人間』に署名した本もロビーで売っていますので、お持ちでない方はお帰りの際にぜひお買い上げください（笑）。

――その時、解説で書き洩らしてしまったのですが、当時、「細菌人間」は「ミクロ人間」というタイトルでレコードになっています。

筒井　ぜんぜん覚えがないなあ。

――作品をダイジェストしたドラマ

『ミクロ人間』（コダマプレス、一九六六）

『かわいい魔女』（新書館、一九六六）

を声優さんが演じています。このドラマの脚本も筒井さんが書かれていますので、いずれCDにしたいなあと思っています。（注：二〇一七年に復刊ドットコム『筒井康隆全戯曲4　大魔神』付録CDとして復刻）

筒井　その頃は頼まれた仕事を何でも引き受けていましたから、ドラマの脚本も自分で書いいたのだと思います。

■代作その他の事件簿

――六六年には新書館から『かわいい魔女』というアンソロジーが出ています。これに入っている「恋の魔女宇宙」という短篇は、〈NULL〉に載った筒井俊隆さんの「嫉妬する宇宙」の改題再録ですが？

筒井　このころは、あまりにも注文がいっぱい来て原稿が間に合わないので、俊隆のものを流用させてもらったんだ（笑）。もちろんことわったうえで、原稿料はみんなやりましたけれども。

――筒井さんの名前で再録されているので、元々の〈NULL〉に載った方も俊隆さんの名前で筒井さんが書かれたものかと思いましたが。

筒井　いや、あれは俊隆の作品です。それから、正隆に書かせたものもあります（笑）。

何だったかな。「カーステレオ」、あれがそうですね。

――あっ、〈小説ＣＬＵＢ〉の「カーステレオ１０１」。どこにも入っていないのは、そういう理由でしたか。コレクションに入れようと思っていましたが、そういうことなら外しておきます。

筒井　それは省いてください。誤解のないようにおことわりしておきますけれども、昔はそんなことが当たり前だったんです（笑）。いろいろとおかしなことがありましたよ。私の場合ですと、あれはどこだったかな、福島正実さんに紹介されたから〈まんが王〉だったかな。とにかく頼まれて子供向けの短篇を書いたんですよね。「空飛ぶ怪獣フラゴン」なんていう、ゴジラの背中にラドンの羽根がついているというのを書いたんですけど、雑誌を見たら、著者の名前が福島正実になっていた（笑）。

――えっ、筒井さんの作品なのに福島さんの名義で？

筒井　まあ、それは福島さんがやっぱり原稿の締め切りに困ってのことだったろうと思います。そんなことはもう、たくさんありましたね。そういう時代だったんですね。

――資生堂の〈花椿〉というＰＲ誌に書かれた作品が、勝手に書き直されていたという話も。

筒井　そのときは、資生堂へ文句を言いに行きました。僕が怒鳴り散らすもんだから、〈花椿〉編集者が「ちょっと外へ出ましょう」と言って、近くの喫茶店へ行って。何か言い訳をするのかなと思っていたら、彼は三十分ぐらい黙ったままでした。そんなこともありましたね。

――それは「女スパイの連絡」という作品ですか？

筒井　うーん、中身は忘れましたね。確か僕が小説として書いたものを、書き換えて談話形式にしちゃったんですね。これはひどいということで。

――あ、アンケート形式の「わたしはアドマン」という特集ページの回答ですね。元々は小説として書かれていたというのはショックですが、これはコレクションには入れないことにいたします。

筒井　まあ、そのころ、そういうことは日常茶飯事でしたね。

――平井和正さんも、立風書房から『狼男だよ』を出したら、編集者にだいぶ勝手に手を入れられたということで、裁判沙汰になっていました。

筒井　あれはちょっとひどかったみたいですね。なにしろ長篇ですからね。出版社との話し合いの席には矢野徹さんが同席したと聞いています。

――調停役を買って出られた。矢野さんは立風書房から『地球0年』と『カムイの剣』を出していますし、双方と面識がありますから。

筒井　その席上で相手の編集者が正当化めいたことを言い始めたので、平井和正がワーッと怒鳴って、その話し合いの場から駆け出ていって。そのあと、近くに大伴昌司の家があったものだから、そこへ行って泣いていたという（笑）。

――平井さんはマンガ原作から小説に本格的に復帰したばかりでしたし、自信作だったでしょうからショックも大きかったと思います。

■大伴昌司の「SFを創る人々」に登場

――六六年には、〈MEN'S CLUB〉〈漫画讀本〉〈話の特集〉などに作品を発表されています。
筒井　〈漫画讀本〉はですね、いちばん最初は、マンガで登場したんじゃないかと思うんですが。
――「90年安保の全学連」？
筒井　これは確か、ショートショートとして書いたものをマンガにしたはずです。
――小説の初登場は推理クイズコーナーの「ケンタウロスの殺人」ですね。筒井さんらしいＳＦミステリでした。その後、「アングラ心理学講座」の連載があって、続篇「アングラ社会学講座」の第一回の載った号に「90年安保の全学連」のマンガが載っています。
筒井　そんなにいろいろ書いてましたか（笑）。この時の編集者が誰だったかは、ちょっと覚えていません。〈話の特集〉は矢崎泰久だったかな？

――そうです。

筒井　矢崎さんは最初に渡した「お玉熱演」という短篇を気に入って、とても褒めてくれました。私の原宿の駅前の森ビルの家のすぐ近く、明治通りと表参道の交差点にあったビルに〈話の特集〉の事務所がありまして、常連のメンバーがそこへときどき集まっていたらしいです。和田誠とかですね。

――〈話の特集〉は和田さんのデザインですね。確か「最高級有機質肥料」のゲラを……。

筒井　彼がカットを描いてくれたんだったと思いますが、うどんを食べながらゲラを読んでいたらしい（笑）。

――なんという災難（笑）。

筒井　〈MEN'S CLUB〉はショートショートじゃなくて、ショートショートと短篇の中間ぐらいの枚数のものを書かせてくれました。ですから、割といいものを書いていると思います。

――「ハリウッド・ハリウッド」「タック健在なりや」「くたばれＰＴＡ」などを書かれています。今回コレクションの一巻に入れた「血と肉の愛情（異稿）」は「幻想の未来」の中のエピソードを短篇に仕立てたものでした。

筒井　やっぱり、毎月二十枚というのがつらくてね、結局「幻想の未来」の一部分を書き直して、そういうことにしました（笑）。

――「タック健在なりや」に登場するタックというのは、やはり眉村さんのことですか？

筒井　ええ、あれは明らかに眉村卓のことです（笑）。眉村さんも、僕のことを何か書いていますね。

――ヤッシャ・ツッチーニは、筒井康隆さんで（笑）。ライバル心というか。

筒井　そうですね。それから「時をかける少女」の登場人物の深町一夫なんていうのは、深町眞理子さんのことだし、浅倉吾朗というのは、浅倉久志のことだし。そういう風に、友達や他の作家の名前をつけたりすることが流行っていました。

――「時をかける少女」にはタイムリープの解説をしてくれる理科の福島先生や、でっぷりと太った数学の小松先生も出てきますね（笑）。クラスメイトの神谷さんは神谷（小尾）芙佐さんですか？

筒井　そうですね。

――眉村さんと筒井さんは並んで登場

SFを創る人々＊その15

眉村卓氏
筒井康隆氏＊＊＊＊＊

＊＊＊＊＊＊＊＊＊＊　大伴昌司

SFを創る人々の生の姿を読者にご紹介する、これは、気楽な雑談の十五分です

[1] ヌルロビー

＜関西の大本山＞

大阪、梅田新道から東へちょっと入った小路に、汚れた小さなビルがある。

その三階の、いちばん奥の小さな部屋が音にきこえたヌルスタジオ。

正確には株式会社NULL STUDIOといわねばならないのだが、小さいながら、見本市のディスプレイをはじめ、淡路島州本レストハウスのネオン塔など、コマーシャル・デザイン一切を引受ける創作工場である。

ここの社長が、これまた音にきこえた筒井康隆クンだ。クンづけで呼ぶなんて、まったく失礼なはなしだが、それほど親しみぶかい物腰の静かな美青年で、女の子の人気は絶大というウワサである。

小さな部屋は二つにわかれ、ソファや二、三卓の机がおいてある。壁にデコラの見本板がぶら下り、ナマズが大口を開けている灰皿があるだけの、ガランとした部屋ではあるが、ここは、いまでは関西SF人たちのもっとも居心地のいいロビーになっている。

たとえばこうである。

急に小松のオッチャンに会いたくなるとする。（オッチャンとは、これまた失礼なハナシではあるが、小松左京先生などとよぶ人は関西には一人もいない。そこが関西のいいところだ）

小松のオッチャンはO放送の報道部にいることが多いが、そこに電話しても行き先がわからないときは、NULLに連絡するのである。たいていの場合、たちどころに居場所がわかるという寸法。

眉村卓のダンナ（ダンナ呼ばわりは、これまた失礼であるが、理由は右に同じ）が

眉村卓氏

91

「SFを創る人々　その15」〈SFマガジン〉一九六四年九月号より

することが多かったですね。大伴昌司さんの「SFを創る人々」という〈SFマガジン〉の連載でも、一緒の回で紹介されています。

筒井 そうですね。あの連載は、一回につき作家ひとりという運びだったんですけれども、まだ僕も眉村さんもさほどではなかったので、それでふたり一緒にしたんだろうと思います。

――「SFを創る人々」には「SF新波五人男」として白浪五人男に喩えて半村さん、平井さん、伊藤さん、野田さん、豊田さんを紹介した回もありましたし、必ずしもひとりで一回だったわけではありません。特に筒井さんは、まだ〈SFマガジン〉に正式デビューする前でした。

筒井 そんな時期でしたか。

――大伴昌司さんはふしぎな人で、元々は慶應のミステリ研の創設メンバーのひとりでホラーの同人誌を出したりしていました。紀田順一郎さんが回想記で詳しく書かれていますが。

筒井 やっぱり彼の一番の功績は、〈週刊少年マガジン〉の図解でしょうね。

――巻頭グラビアページの構成は評価が高く、それだけをまとめた単行本も出ています。

筒井 図解をやっていましたね。怪獣の図解であるとか、タイムマシンの図解とか。

――大伴さんは、かなり早くから、作家ではないのにSF作家クラブに入って、独特のポジションだったような。

筒井　ええ、彼は非常に世話好きな人だったですね。旅行に行くというと、必ず彼が幹事をしてくれて。ですから、たとえばＳＦ作家クラブで、東海村の原子力研究所を見学に行ったというのがありますけど。

――ええ、有名な。

筒井　このときはもう、彼が大活躍してくれました。まあ、面白い話はいっぱいあるんですけど、必ず誰かがどこかに書いてますので（笑）。

――六四年、筒井さんがＳＦ作家クラブに入った直後に、ＳＦ作家クラブ賞の制定を決定、と記録にあるのですが、これはどういう内容ですか？

筒井　ＳＦ作家クラブ賞？　それは僕はぜんぜん知りません。

――ご存知ないですか。後の日本ＳＦ大賞のような賞の構想だと思うのですが。

筒井　ミステリ関係者とか、それから少年文学の人にもＳＦを書いている人はいましたからね。ＳＦ作家クラブが賞を作ったんじゃ、ちょっと差し障りがある、ということだったのかもしれません。

――筒井さんや小松さんが日本ＳＦ大賞を作るのが八〇年ですから、いかにも早すぎたという感じですね。

■中間小説誌に進出

――六七年に神宮前に引っ越されていますね。

筒井　このときは、住宅の申し込みの募集がありまして、カミさんがそれをみて申し込んだんですね。これは、青山通りのすぐ近くにある一戸建ての住宅でした。青山通りに面した、でかいマンモス団地が今でもありますが、そのすぐ横にあった家なんですけど、六、七軒ありましたね。その、マンモス団地の人たちと非常に仲が悪くて。その団地の人たちからの注文で塀を作らされたという。本来なら、北の方へ出ると港区、南の方へ出ると渋谷区という、そういう立地条件だったんですけれども。だから、塀を作って港区の方へ出さないようにしたんですね。さらに、塀の向こうに、まだ木の柵を建てたりしてですね。

――よっぽど仲が悪いんですね（笑）。

筒井　悪かったんですね。こっちは知らないから、何でこんなことするのかなと思っていたんだけども。その柵の上に団地の子供が乗ってね、窓の外から覗きこんで、ああ、飯食ってやがるなんてことを言うので、ずいぶん腹が立ちました（笑）。まあ、今もそのままですね。そのときのことを、『三丁目が戦争です』で書きました。

――町内で戦争するという過激な童話ですが、そんな元ネタがあったんですか（笑）。この年に〈小説現代〉に初めて登場して、いろいろな中間小説誌に次々と書かれるようになっていきます。

筒井「東京諜報地図」が〈小説現代〉初登場ですか？

――そうです。

筒井 このときの編集長は大村さんでしたね。

――ああ、大村彦次郎さんですか。『文壇うたかた物語』など著作もたくさんある名物編集長。

筒井 はい。僕の担当は宍戸さんで、最初から彼だったかは、ちょっと覚えていないのですが、とにかく、大村さんはあんまり僕のことを気に入らなかったみたいで、何も言わなかったですね。けれども、つい最近彼のエッセイを読んだら、筒井康隆が登場したときは実に新鮮であったと書いてある（笑）。

――当時は何も言わなかったのに（笑）。大村さんは伝説の編集者ですが、〈週刊少年マガジン〉の内田勝さんとか、原田さんに言わせると、みな後輩なのでクラクラします。

筒井 ああ、そうですね（笑）。そうそう、「細菌人間」が好評だったものだから、この年にも〈週刊少年サンデー〉に頼まれて、「マッドタウン」というのを書いてますね。中間小説雑誌に登場したのだから、もう少年ものは書かなくてもいいじゃないか、と思いそうなものだけど、なんでこんなことをまだやってるんですかね、これ（笑）。

――「マッドタウン」は『緑魔の町』として単行本にもなりましたし、文庫でもずいぶん売れましたので、みなさんご存知と思うのですが、実に面白いですね。筒井さんも少年読者を怖がらせようとして楽しんで書かれたのではないかと思います（笑）。

筒井　そういう意識はあったかも知れません（笑）。

――この年は、浪速書房の〈推理界〉に初登場、集英社の〈週刊プレイボーイ〉にも書かれています。

筒井　〈推理界〉というのは、一本書いただけだと思いますが、あ、二本ぐらい書いてますか？　とにかく、まず原稿料があまりにも安いのでびっくりして、なんでそんなに安いのですかと聞いたおぼえがあります。「ヒストレスヴィラからの脱出」というのを書いてますね。

――「ヒストレスヴィラからの脱出」は、双葉社の〈推理ストーリー〉ですね。

筒井　あっ、そうですか。〈推理ストーリー〉も似たようなものです（笑）。やっぱり。

――〈SFマガジン〉と比べても安かったですか？

筒井　同じぐらいでしたね（笑）。〈SFマガジン〉は、まだ許せたんですよね、専門誌だから。だけど、〈推理ストーリー〉にしろ〈推理界〉にしろ、よく考えてみると、やっぱり専門誌なんですよね（笑）。こっちはそうは思っていなかったから。

――ミステリとSFの違いはありますが、専門誌は固定読者が相手なので、どこも厳しいです。〈推理界〉には「窓の外の戦争」を書かれて、そのあと「晋金太郎」を。

筒井　ああ、〈オール讀物〉で「実在の人物（金嬉老）を思わせて差しさわりがあるから」というので没になったのを回したんでした。

――八十枚と枚数が多かったから、けっこう原稿料がもらえたと。

筒井　そうですね。「ヒストレスヴィラからの脱出」も六十枚あったから、それなりの原稿料にはなりました。それから、このころだったかな、生島治郎氏の家が近所だったものですから、よく会っていました。あの人は以前、編集者だったから。

――早川書房ですね。

筒井　〈ミステリマガジン〉の編集長でした。僕の『48億の妄想』を、たいへん面白がってくれて。「あなたは鞭を入れれば入れるほど走る馬です」なんて手紙をくれた（笑）。

――完全に編集者としての発言ですね（笑）。

筒井　で、長篇を書け、長篇を書けと言うんだ。何か、世話してくれるつもりだったらしいですね。で、こんな話はどうかというので、『霊長類南へ』の話をしたら、それは面白いじゃないか、書け書けと。で、ある程度まで書いたら、じゃあ講談社の知り合いの編集長に渡すからと言って、彼が持っていって、それから三年ぐらいそのままだった（笑）。聞いてみたら、編集長は机の引き出しに入れたままでちっとも読んでいない。ひどいものですよ（笑）。まあ、そういう時代だった。

――六八年に『霊長類南へ』の書いていた分を講談社から取り返した、と日記に書いてあります。そこで改めて〈週刊プレイボーイ〉に連載されました。

筒井　そうですね。

――『霊長類南へ』はコレクションの第二巻に入ります。

■直木賞候補になる

――この時期の出来事は『腹立半分日記』に書かれているから、かなり詳しい動向が分かります。六七年の暮れに都筑道夫さんから電話があって、テレビドラマの脚本を書かないかと誘われていますね。丹波哲郎主演のスパイ・アクションということで、おそらく後の「キイハンター」のことだと思います。何か、話しているうちに、僕には合いそうもないからということで、筒井さんは降りたそうですが？

筒井　いや、合いそうもないというのじゃなくて、あれはやっぱり、原作料の問題だったと思います。

――そんなに安かったですか？

筒井　安いです。じゃあ、どのくらい？　と訊かれて、僕は金額を言ったんですよ。そしたら向こうの人が、「その額だと、誰それの値段だな」といって、あのころ、脚本家の、いちばん大御所は誰でしたっけね？

――『腹立半分日記』には「猪俣勝人クラス」と言われたとあります。

筒井　その人と同じぐらいの値段だというのですね。とにかく、これは時間がかかるし、稿料は安いし、もういやだと。そのときに、一緒に会議に出ていた河野典生が、「筒井くんの書き方だと、時間がかかるだろうなあ」と言って、弁護してくれたんですね。それで仲良くなったんです（笑）。

――なるほど。「キイハンター」は第一話の原案が都筑さんで、二話が河野さんでした。山下洋輔さんと会うのは、そのあとですか？

筒井　いや、それは『東海道戦争』を書いて間もなくですね。『48億の妄想』も書いていたかな？

――じゃあ、上京してすぐですね。

筒井　そうです。相倉久人氏が、僕の作品を読んでくれていて、一度会いたいというので会ったのですが、そのときに山下洋輔氏がついてきたんですよ。何か、真面目そうな青年でしたね。その直後に、彼は演奏中に喀血して、入院しちゃった。彼が病院から出てきたのは、それからだいぶあとです。そして、中村誠一、森山威男の三人でトリオを組んで、演奏しはじめて、それが有名になって、いいかげん評判になってから、僕はピットインに聴きに行ったんです。それからもう、ピットインに入りびたりで（笑）。あのころ、よく一緒にいたのは、平岡正明、河野典生、長谷邦夫、奥成達といった人たちですね。

――くせものぞろいですね（笑）。タモリさんと会ったのは？

筒井　タモリは、もっとずっとあとですね。

――六八年には『ベトナム観光公社』と『アフリカの爆弾』が、続けて直木賞候補になっています。

筒井　はい。『ベトナム観光公社』のときは、野坂（昭如）さんと陳舜臣がとったんだったかな？

――野坂さんと三好徹さんです。『アフリカの爆弾』のときは受賞作なしでした。

筒井　そうですか。『アフリカの爆弾』のときは、何かあったんじゃないかな。それで、腹が立ったんです（笑）。怒ってましたね。

――選評をみると、まったく理解されていない感じですね。

筒井　そうですね。この『アフリカの爆弾』というのは、〈オール讀物〉に最初に書いたときに、編集長の杉村友一さんが、これじゃちょっと売れないからというので、「アフリカ・ミサイル道中」というタイトルにしちゃった。

――しかも、杉村さんの最初の指定が、「アフリカミサイル珍道中」だったんですね。筒井さんが「珍」はさすがにとってくれということで、なんとか「珍」はとれたと。

筒井　ああ、そうですね。いやあ、今だったら、そうするのにな（笑）。後で『アフリカの爆弾』という本になったときね、あまり売れなかった。エレベーターの中で杉村編集長に会って、どうだ売れているか？　売れません、と。そりゃ、タイトル変えるからだ、なんて言ってました。これ、担当者は誰だっけな。

——文春の松浦さんです。

筒井　この、直木賞候補になったころ、酔狂連というのがありましてね。野坂昭如が、酔狂な人たちばかり集めて飲む会だったんですね。二回落選したときには、僕と、それから佐木隆三、阿部牧郎と、三人仲良く討ち死にしたんですね。確か安達瞳子さんの家だったと思うけれども、そこで慰労会みたいなことをやってくれましてね。われわれ三人はゴロンと転がって、仰向きに寝かされて、顔の上にハンカチをかぶせられて（笑）。

——葬式ですね（笑）。

筒井　この酔狂連というのは、色んな人がいて面白かったですね。中央公論社の水口義朗氏であるとか、あとは、文学者の、ゴーゴリの好きな人は誰でしたっけ？　「鼻」とかなんとか、大好きな人。あの人もいたし。もうこのごろ、ダメですね（笑）。固有名詞が出てこないともう、本当に困ってしまいます。講演のときなんかはちゃんと調べていくから、まだいいんだけど、こういうトークのときなんか、しゃべってて、映画のタイトルが出てこない、役者の名前が出てこない、演出家の名前が出てこない。あれ、繋がって出てこなくなるんですね。ひとつ思い出したら、繋がって出てくる。もう歳ですね（笑）。（注：ゴーゴリの好きな作家は後藤明生氏。酔狂連の主なメンバーには、野坂昭如、田中小実昌、滝田ゆう、筒井

康隆、金井美恵子、安達瞳子、阿刀田高、殿山泰司、長部日出雄、石堂淑朗、後藤明生、佐木隆三、小中陽太郎、阿部牧郎、黒田征太郎らがいた)

■売れっ子作家への道

――中間小説誌にSF作家もずいぶん進出しているころだと思うのですが、無理解というか、ロボットはやめてくれとか、そういう話が。

筒井 ありましたね。ロボットはやめてくれとか、宇宙はやめてくれとか、いろいろですよ。でも、小松さんの『エスパイ』とか、そんなのがあるじゃないかと言ったら、いや、ドメスティックなものはいいんですよと。ドメスティックのどこがSFなんだと(笑)。

――このころは、中間小説誌が十誌ぐらいありました。

筒井 そうですね。〈小説エース〉〈小説セブン〉というのがあった。

――〈小説セブン〉が小学館。

筒井 〈小説エース〉が学研ですか。それから〈小説サンデー毎日〉というのがあった。で、〈オール讀物〉〈小説現代〉〈小説新潮〉でしょう。それから〈小説宝石〉〈問題小説〉。まだあったかな。

――桃園書房の〈小説CLUB〉が。

筒井 〈小説ＣＬＵＢ〉があった。あとは、各雑誌が別冊を出すんですよ。これは今でもあるけど〈別冊文藝春秋〉とかね。とにかくもう、めちゃくちゃな時代でしたね。ひっぱりだこで。野坂さんとね、新宿で一緒に飲んでいたら、まわりに編集者が十人ぐらいいる。それでみんな、野坂さんが歌い出すと一緒に手拍子を入れて歌い出すという。すごいなと思ったんですね。あのころはちょっと、みんな発狂したような（笑）。これはついていけないと思いました。

――筒井さんはすべての雑誌に書かれています。

筒井 文春の編集長で豊田健次という人がいて、〈オール讀物〉に「心臓に悪い」という短篇を載せたんですね。

――心臓病の男が薬を求めてメチャクチャな大冒険をやる羽目になるという（笑）。

筒井 そしたらラストがぶっ飛び過ぎて、わけが分からないから書き直せといわれて、普通のオチに直されてしまった。本にした時には元に戻しましたけど。そんなので、ちょっと仲が悪くなっちゃったりして。いろいろありましたね。

――直木賞候補になって、相当いろんな雑誌に書かれているんですけど、まだ、ご自分ではそんなに売れっ子という認識は。

筒井 なかったですね。ずっと後で、『馬は土曜に蒼ざめる』という短篇集が出たんですが、そのときの「あとがき」を読んだ編集者たちはびっくりしているんですよね。「筒井さん、あんた自分が売れっ子だという自覚がまったくない」って。

――『馬は土曜に蒼ざめる』は裏表紙の内容説明のところに「マスコミの寵児、筒井康隆の短篇集」と書いてあります。

筒井 自分では、そんな気はまったくなかったですね。もう。書くことに一生懸命で。

――売れっ子だという実感を持ったのは、短篇集『ホンキイ・トンク』からだというお話ですが。

筒井 それはまあ、ずっと後ですよ。

――六九年ですよ（笑）。

筒井 そうでしたか（笑）。そうだ。さっきの『アフリカの爆弾』を文藝春秋から出すときにですね、その中に〈SFマガジン〉に載った作品がいくつか入っているので、それをことわりに福島さんに電話したんです。そしたら福島さんは怒りましてね。けしからんと。

――文春から短篇集を出すのがですか？　〈SFマガジン〉の短篇を入れるのが？

筒井 どっちでしょう。両方でしょうね。それなら、こっちも短篇集を出すと。

――それで二カ月後に『アルファルファ作戦』が出るんですね。

筒井 そうじゃなくて、それは〈SFマガジン〉に載ったやつだけですかと聞いたら、「いや、オールに載ったやつ、なにもかも全部です」と。つまり、同じ本として出すというので、これには参っちゃって、もうどうしようかと。一生懸命書きますから、次の短篇集はできるだけ早く出るようにしますから、と言って勘弁してもらったんですね。まあ幸い、他にもいくつか短篇が溜まっていましたんで、『アルファルファ作戦』が出ました。

――六八年には、他にショートショート集『にぎやかな未来』と、それから「幻想の未来」が初めて単行本になってます。

筒井　「幻想の未来」は本にならないだろうなと思っていたけど、南北社の服部翔太という編集者がまとめてくれました。

――珍しくあとがきで編集者に謝辞があります。

筒井　これは、謝辞を述べて損したと思った。本が出てすぐ倒産しちゃった。

――印税ももらえなかった？

筒井　もらえなかったですね。しかも、それがね、ゾッキ本になっていっぱい、古書店に出ているんです。やっぱり、ゾッキ本で出るというのは、僕の感覚では作家として恥だという思いがあるから。ファンの連中に頼んで、全部買い占めてもらって。それで三十冊ぐらい、家に長いことありました。今はもう、二冊ぐらいしか残ってませんけれども、もっと溜めておけばよかった。今、値打ちは上がっているんですよ（笑）。

――この本は確かにあまり見ないですね。ショートショート集の『にぎやかな未来』、これは筒井さんの初めてのショートショート集です。三一書房の畠山滋さんが。

筒井　ええ、畠山さんが作ってくれました。長尾みのるさんがイラストでね。これは、いい本ができました。

――この年に、〈漫画讀本〉に「アングラ心理学講座」「アングラ社会学講座」を連載しています。

筒井　このときの担当が、上野徹氏です。この人は後で、文藝春秋の社長になるんですけども。

――三一書房の畠山さんも、社長になりますよ。

筒井　畠山さんは当時から、かなりの重役だったんです。それに比べると上野さんはたいへんな出世でした。

――〈週刊文春〉の連載「筒井順慶」は？

筒井　若手の作家ばかりに連載を順番にやらせる企画でしたね。若手だから、どんなものを書いてくるかわからないから、とにかく全部書かせようと。全部書いて、よければ連載すると。

――連載なのに先に百八十枚書いて手渡したという（笑）。

筒井　やりましたね。そういうことがありました。まあ、他にもいっぱい仕事があるのに、ちゃんとやっていたんだから、大したもんですよ、これはね（笑）。

■覆面座談会と国際ＳＦシンポジウム

――六九年には講談社から四冊も本が出ています。なぜか他社で連載したものばかりですが、これは？

筒井　『筒井順慶』は〈週刊文春〉で連載しておきながら、文藝春秋は出してくれないんですね。売れないからというのでしょうね。しかたがないから、講談社にお願いしたんです。あとは、『霊長類南へ』は、これは〈週刊プレイボーイ〉ですね。

――集英社です。

筒井　連載が終わったんだけれど、当時は集英社は、出版部とあまりつき合いがなかったので、講談社にしたわけです。元々は生島さんから紹介されているという義理もありました。『心狸学・社怪学』の場合も、文藝春秋では出さないというので講談社に。

――文春は、もったいないことをしましたね（笑）。あとは短篇集の『ホンキイ・トンク』ですが、これも講談社の雑誌に載った作品は八本中二本しかありません。

筒井　このころからぼつぼつと単行本が売れ始めまして。最初に売れたのが、この『ホンキイ・トンク』ですね。カミさんが紀伊國屋書店に行っていたら、男の子が来て、ああ、これだこれだ、なんて言って、『ホンキイ・トンク』を買っていった。だから、売れてるんじゃない、なんて言ってたら、案の定、売れてました。この年は他に、『地球はおおさわぎ』という童話が出ています。これは私が、特にお願いして横山隆一さんに絵を描いてもらいました。

――筒井さんの大好きな「フクちゃん」の。

筒井　「フクちゃん」は、子供のころからお婆ちゃんに読んでもらっていますから。横山さんにお目にかかって、お婆ちゃんのことを話したりなんかしましたね。

――筒井さんの児童書は、表紙もいいんですよね。『かいじゅうゴミイ』は馬場のぼるさん、『三丁目が戦争です』は永井豪さんですから、マンガのコレクターにも探している人が多くて、ものすごく高くなってしまっています。

筒井　『三丁目が戦争です』は復刻版が出ましたが、『地球はおおさわぎ』と『かいじゅうゴミイ』は、ずいぶん高いようですね。

――六九年に、アンソロジーを二冊出されています。新書版のSF傑作選『夢からの脱走』と恐怖小説集『異形の白昼』。特に『異形の白昼』は、これまでほとんどなかった現代作家によるホラーを蒐めたアンソロジーで、ものすごくクオリティの高い一冊です。先日も、ちくま文庫から復刊されました。

筒井　この頃は、もうキチガイじみた忙しさで、中間小説誌から少年誌、〈SFマガジン〉にも書きまくっていたんですが、それでもホラーやSFは好きで読んでいたから、アンソロジーも楽しんで作りましたね。また自分の短篇も、この時期のものは不思議と傑作が多い。だけど、それがやっぱり福島さんはお気に召さなかったわけですね。

——ああ、〈ＳＦマガジン〉の覆面座談会で……。

筒井　もう、けちょんけちょんに（笑）。あれは、覆面とはいうものの、あとで名前はわかっちゃったけれども、座談会に出ていたのが、福島正実、森優、稲葉明雄、石川喬司。それだけだったかな。あとひとり誰でしたっけ？

——伊藤典夫さんです。

筒井　彼らが売れているＳＦ作家を順番にやっつけた、そういう座談会だったんです。これでみんなが怒りまして、もう〈ＳＦマガジン〉に書くのをやめようとか何とか、大げんかになっちゃって。それで、またその、仲直りの会合というのがありまして（笑）。

——調停役で矢野さんが（笑）。

『地球はおおさわぎ』（盛光社、一九六九）

『三丁目が戦争です』（講談社、一九七一）

筒井　僕はこのとき行かなかったんです。何かね、被害妄想みたいなのがあって、覆面座談会の出席者だけじゃなくて、他の作家みんなからもそう思われているんじゃないかと思って、怖くて行けなかったんですね。あとで聞いたら、福島さんと石川

「国際ＳＦシンポジウム」
プログラムブック

さんが、例の「ＳＦを創る人々」ですか、あそこでもやっぱり二人で出て仲良く話をしているんですね。そして、この覆面座談会にも二人で出ている。矢野さんがでかい声で、「オカマじゃあるまいし、てめえらは」なんて怒鳴っていたそうです（笑）。小松さんが、軍隊あがりというのは大したものだなと褒めていました（笑）。

——このときの責任をとって、福島さんは編集長を辞任されています。

筒井　いや、このときじゃなくて、もうちょっとおられたのじゃないですか。

——半年後くらいですね。

筒井　ああ、そうですか。それから三一書房から『わが良き狼（ウルフ）』というのが出ていますね。これはシリーズもので。

——現代作家シリーズですね。野坂さんとか。

筒井　そうそう。それから、藤本義一さん、眉村さんもいて、僕のも入った。

——七〇年、この年は国際ＳＦシンポジウムが開催されているんですが、筒井さんは、これには行かれていないんですか？

筒井　僕は出ませんでした。ちょっと忙しかったのと、それから、はっきり言って、英語が苦手なので（笑）。ソ連とかポーランドとか、そういうところからも来るんだけど。でも、やっぱり英語だと思うんだよね。それで、ちょっと怖気づいて、行かなかったんです。ただ、関西に帰ってきているときに呼び出されて、ゲストの作家と会いました。その人には、日本へ来て、お金がいるだろうというので、少しお小遣いをあげたんですね。

――誰ですか？

筒井　小松さんが、その人の名前を教えてくれないんですよ。筒井さんに言うと、またダジャレにして笑い転げるからと（笑）。コリャ・アラマーとか、そんな名前の人でした。

（注：ルーマニアのＳＦ作家ホリア・アラーマと思われる）

――よっぽど用心されているんですね（笑）。

筒井　星さんは、ソ連から来た作家に「亡命しろ、亡命しろ」なんて言って（笑）。国際ＳＦシンポジウムが七〇年ですか。では、もう、そろそろこのへんで。というのは、この年に〈ＳＦマガジン〉で「脱走と追跡のサンバ」の連載が始まるので、その前でやめておかないと。『脱走と追跡のサンバ』でお話しすることがたくさんありますので。

――はい、本日は、どうもありがとうございました。

（場内拍手）

（二〇一四年十一月二十三日／於・新宿文化センター　小ホール）

＃3 『欠陥大百科』『発作的作品群』の時代（前篇）

——このイベントは《筒井康隆コレクション》の奇数巻の刊行に合わせて開催していますが、前回から、ほぼ一年も間が空いてしまったことをお詫びいたします。出版芸術社を創業した原田裕社長は戦後すぐに講談社に入社して様々な本を手掛けた伝説的な編集者なんですが、さすがにご高齢ということもあって、会社を畳もうかという話も出ていたんです。ただ、継続中の企画もありますので、関係者の皆さんが頑張ってくれて、《ハリー・ポッター》の静山社さんが、会社ごと引き受けてくれることになりました。引き継ぎの間、半年以上新刊が出なくて、シリーズで予約してくださっている皆さんには申し訳ありませんでしたが、続刊も充実したものにしていきますので、引き続きよろしくお願いいたします。

筒井　私からも、よろしくお願いします。

（場内拍手）

――それでは前回の続きからお話をうかがっていきたいと思います。

■直木賞と星雲賞

――前回は一九七〇年まで行きましたが、ちょっと戻って六八年に二期連続で直木賞候補になった話を、もうすこし詳しく。

筒井　最初はなんでしたっけ？

――『ベトナム観光公社』です。次が『アフリカの爆弾』。

筒井　あのときは、まあもちろん初めてのことでもあるし、あんまり文壇と縁がなかったので、候補になったからといって、どう対応していいか分からないし、新聞記者がいっぱ

『ベトナム観光公社』（ハヤカワ・SF・シリーズ、一九六七）

『アフリカの爆弾』（文藝春秋、一九六八）

い追いかけてくるわけでもないし、おそらく家でひっそり待ってたんだろうと思いますけれども。落ちましてね。で、それから二回目は次の年でしたっけね？

——同じ年に二回です。

筒井　二回ですか。その半年の間に、いっぱい付き合いができましてね。野坂昭如が酔狂連というバカなことはじめまして。上野へ行って、花見をする会だとかね。その頃、上野公園の桜がきれいだったんだけど、芝生の中に入っちゃいけなかったんですね。みんなであそこに入ろうじゃないかと。ある者はゴザを抱え、ある人は酒を持ち、それで桜の下で、一瞬のことだけど座っちゃった。「帰れ」ってすぐ追い出されちゃった（笑）。

——前回、安達瞳子さんの家で直木賞落選組の慰労会が開かれたとうかがいました。

筒井　『アフリカの爆弾』と同じ時に佐木隆三と阿部牧郎も候補で、みんな落ちた。

——その時は受賞作なしでした。

筒井　安達瞳子さんは華道家だから家に広いお座敷があったんですが、そこでみんなでどんちゃん騒ぎをしていた時に、落選した僕と牧郎ちゃんと佐木と三人が前に横たわらせられて、顔に白布かぶせられて、野坂さんがなんかお経を唱えるんですよ。そんなことがありました（笑）。

——このあとに『家族八景』でも候補になるんですが、選評を読むと、選考委員の長老作家たちは、やっぱりSFのことがよく分かってないんですね。小松左京さんが候補になった時も、まったく読みどころが分かっていない感じでした。

筒井　それはしょうがないでしょうね。

——広瀬正さんが三期連続で候補になった時に司馬遼太郎が好意的に評しているのが目を惹くくらいで、他はぜんぜんダメ。半村良さんもＳＦが候補になった時は落選して人情もので受賞という有様でしたから、直木賞はＳＦと縁遠いなあ、という気がします。

筒井　候補になりかけたことは、その後でもう一度だけありましてね。あれは文藝春秋の集まりだったと思うんですけど、お座敷で飲んでいた。柴田錬三郎とか五味康祐、それから川端康成もいて、すごい人ばっかりだなと思ってたら、「ちょっと来て」って別室に呼ばれましてね。文藝春秋の偉いさんと二人だけで、「あなたの「母子像」っていうのがものすごくいい」と言われて、なんとなく打診があったんですよ。で、僕はもういいやと思ってるから、「どうでもいいですよ」なんて返事しましたが、そういう打診はちょっとありました。

——おお、そんなことが。「母子像」（六九年）ですと『家族八景』（七二年）が候補になる前の話ですね。

筒井　そうでしたか。

——一方、一九七〇年に星雲賞というのが制定されまして、これはファンの人気投票なんですが、年に一度のＳＦ大会で発表・授与されるものです。初期はほとんど筒井さんが取られてるんですね。第八回まで長篇が三回、短篇が四回。長篇も短篇も筒井さんという年がありましたので、八年中六年で筒井さんが取られている。

筒井　今はもう全然ですけどね（笑）。そうだ、星雲賞はのっけから長篇賞と短篇賞もらったんですよね。

――そうです。第一回の長篇賞が『霊長類南へ』、短篇賞が「フル・ネルソン」でした。

筒井　それは非常に恐縮したんですけどね。ただ、そのころはよかったんですけど、だんだんファンとSF作家との間になんか軋轢がありましてね、SF大会を主催する連中の中に、プロのSF作家に対してどうも悪意を持ってる、そういう人がたくさんいたんですね。

――そうなんですか。SF大会は作家と読者が同じ場所で交流できるのが魅力ですが、中には距離感のとり方のおかしな人も……。

筒井　なんか星新一にサインを頼んで、「いまちょっと書くものを持ってないから」と断られたら、向こうへ行きながら「もう本買ってやらねえぞ」って言ったりですね、そういう連中がいて。まあ、他にもなんやかんやとあったんですけど、そのころからあんまりもらえなくなっちゃった（笑）。

■『欠陥大百科』と『発作的作品群』

――七〇年に『欠陥大百科』が出ています。今回のコレクションの第三巻に収録していますが、事典のパロディで書くのが本当に大変だったんじゃないかと思います。

筒井　その当時、年に何冊も本が出るくらい忙しかったんですが、それはなぜかというと、僕以後なかなか新人が出てこなかったんですね。で、一番新人なもんだから、随分長いこと、便利扱いされて。「藤島泰輔がソ連に行ったまま帰ってこないので、代わりにあなた明日までに百枚書いてくれ」みたいな（笑）。そんなんばっかりですよ。

――そんな無茶な（笑）。

筒井　それで本を出したいと言ってくれるところはあるんだけど、溜まるはしから短篇集にしてるものだから出すものがない。窮余の一策として百科事典の形式で、エッセイやショートショートやなんやかんや短篇集からこぼれたもの全部集めて一冊にしようということで作ったのが『欠陥大百科』です。

――この本のために書き下ろした項目もたくさんあるし、かえって手間がかかったのではないかと思いますが（笑）。

筒井　これはもうショートショートも短篇も、それから……。

――マンガも。

筒井　『発作的作品群』も似たような経緯で出したものです。短篇、エッセイ、ショートショートとごちゃ混ぜにして。

——この二冊は似てる感じなので、一冊にしました。『発作的作品群』はブロックに分かれているから後で別の短篇集に入ったものは省きましたが、『欠陥大百科』は事典の形式になっているところが味噌でもあるので、すべて入れてあります。

筒井　自分でも、どっちがどっちだかよく分からない（笑）。『欠陥大百科』の方はですね、あちこちのものを切り抜いたりなんかして、ややこしいものだから、一枚一枚大きな画用紙に貼ってですね、それを持って、丸めて、打ち合わせの場所へ行ったんですね。河出書房の龍円くんっていうのが担当でしたが、あと一人か二人、河出の人がいたかもしれないです。旅館の一室で、徹夜でやりました。

『欠陥大百科』（河出書房新社、1970）

『発作的作品群』（徳間書店、1971）

――河出書房で《広瀬正・小説全集》を出した龍円正憲さんですね。

筒井 その時、なんか知らんけど平井和正がついてきまして（笑）。彼はわりと子供っぽいところがあって、そういうふうに僕を好きでつきまとってくるくせにですね、なんかこう嫌味を言うんですね。怒らせるような（笑）。子供とおんなじでここまで言えば怒るか、あそこまで言えば怒るかって、だんだんエスカレートしていくんで、とうとう僕がちょっと怒ってなんか言ったんです。そしたら、「ああー怒っちゃった！　怒っちゃった！　ああー怒っちゃった！」って（笑）。

――子供ですか（笑）。

筒井 彼は子供っぽいんですよ。それでよく人から誤解されて。豊田（有恒）くんなんかが怒ってましたよ。自分の新刊書を豊田くんに渡すときに、「あげようかな、どうしようっかな、やめとこうかな」って言って出したり引っ込めたり。怒ってましたよ（笑）。

――お二人は同年生まれで、どちらも大学在学中にデビューしているから、ライバルというか戦友という関係だったように見えます。ちょうど筒井さんと眉村さんのように。

筒井 ああ、なるほど。

――今回、『発作的作品群』に〈週刊読売〉に書かれたコラムが入るのですが……。

筒井 あれは〈週刊読売〉に生島治郎が連載していたページに、コラムの中のコラムとしてちょっとなんか書いてくれと言われたんだ。

――生島さんのマンションに打ち合わせに行ったと書かれていましたが、今は推理作家協会の事務所になっている青山のマンションですか？

筒井　そうですね。

――あれ、読まれた方は絶対に忘れないと思うんですが、手相とか顔のホクロの占いとか、すごいインパクトの記事がある。そのイラストは筒井さんご本人が描かれたものと思っていたんですけど、今回確認したら、やはりそうでした。

筒井　ああいうことするの好きですからね。

――今回のコレクションで久々に読めるようになりましたので、みなさん楽しんでいただければと思います。

■『脱走と追跡のサンバ』とルポルタージュ

――七一年ですが、前年から〈SFマガジン〉に連載されていた『脱走と追跡のサンバ』が、連載終了とほとんど同時に本になりました。これは担当、森さんですか？

筒井　そうです。

――二代目編集長の森優さん。僕らの世代には南山宏のペンネームでおなじみですが、森さんが始めた《日本SFノヴェルズ》というハードカバーのシリーズの一冊目が『脱走と

『脱走と追跡のサンバ』（早川書房、1971）

追跡のサンバ』でした。実は半村良さんの『石の血脈』の方が先に完成していたんですが、半村さんはまだ無名というか、本が出ていなかったので、筒井さんの『脱走と追跡のサンバ』が完結するのを待ってから、その次に出したと森さんにうかがいました。

筒井　その話は、つい最近あなたに聞いて知ったんだけど、先に出てよかったと思ったよ。『石の血脈』はね、本屋に行ったらこんなに分厚い本があるんですよ。それが『石の血脈』。それで読んだら、あれはすごいですよね。これはもう負けたなと思った。

――『石の血脈』は確かに渾身の一作ですが、『脱走と追跡のサンバ』も負けてはいないと思うのですが。

筒井　あれはねえ、僕はなかなか理解してもらえないんだけれども、全部ふざけて書いてはいるんだけども、まあ、でも命がけでふざけて書いてるわけです。それがなかなか理解してもらえなくて。福島さんと打ち合わせしてるときも、僕なりのストイシズムで、なんて言ったら、笑ってるんですよ。あんなふざけたものを書いといてストイシズムなんてのは信じられないなと。こっちとしてはね、絶対に読者を笑わせてやろう、面白いものを書こう、そして同じようなものは二度と書かないとか、そういうストイシズムだったんですがね。それがなかなか分かってもらえなくて。

――筒井さんの愛読者は、みなさん分かっていると思います。

筒井　『発作的作品群』でしたっけ。そっちのほうに、山下洋輔トリオとの座談会が。

――入っています。今回のコレクションにも収録させていただきました。

筒井　あれ、今読み返してみると、みんな笑わせようと思って競争してますね。競い合ってる。

――活字のセッションみたいな。

筒井　活字じゃなくて、座談会自体はライブですから。その場はね。とにかく人を笑わせようと。だいたい普段から面白い連中が人を笑わせようとしてるんだから、面白くないはずないですね。

――後で対談集『トーク8』にも収録されています。

筒井　ああ、徳間のね。あれは対談じゃなくて座談会だけど面白いから入れたんだ。今読み返してみても、やっぱりあれが一番面白いですね。なんかいろんな人と対談やってますけど、他のは面白くないですよね（笑）。

――他のが面白くないわけではありません。再刊しづらくなっちゃうので、やめてください（笑）。

筒井　あと〈平凡パンチ〉に連載した「アングラ社会学講座」はどっちに入ってるんですか？

――それは〈漫画讀本〉連載で単行本は『心狸学・社怪学』ですね。〈平凡パンチ〉の連載ルポは「ヤング・ソシオロジー」です。

筒井　あ、「ヤング・ソシオロジー」でしたっけ？　とにかくあれは週に一度あちこち、現場をルポして書きました。

――半分くらいが『欠陥大百科』に収録されて、新潮社の全集に全部まとめて入りました。全集にしか入っていない分も、コレクションでフォローするつもりですが。（注：『筒井康隆コレクションⅥ　美藝公』に収録）

筒井　あれはあまり面白くないですね。

（場内爆笑）

筒井　あれだけは読み飛ばしてほしい（笑）。あれは仕方なしに書かされたので。

――けっこう初期にはルポルタージュのお仕事が多かったですね。新聞の万博ルポとか、精神病院ルポとか。

筒井　精神病院ルポは面白そうだと思って、自分から体験入院したんだ。あれはいいんですけど、「ヤング・ソシオロジー」の方はどうも……。

■少年ドラマシリーズと七瀬三部作

――七二年にはNHKの少年ドラマシリーズで「タイム・トラベラー」が放映されました。これが『時をかける少女』の最初の映像化ですよね。

筒井　そうでした。

――これが大人気を博しまして。人気がありすぎて「続タイムトラベラー」というオリジナルの続篇が作られました。

筒井　あれも最初は私に続篇を書いてくれという話があったんですけれども、『時をかける少女』はあれで完結しているから、もういいじゃないかと思って、脚本家の石山透にやってもらったんです。（注：石山透による「タイム・トラベラー」「続タイムトラベラー」のシナリオ集は一六年に復刊ドットコムから再刊された）

――ドラマはご覧になりましたか？

筒井　映像化するってことは聞いてたんですけど、ちゃんとは見ていなかった。僕はその頃東京にいたんですけれども、神戸にあるかみさんの実家に帰ったらですね、義理の妹や弟たちやその他三、四人がテレビの前でわあわあ言ってるんですよ。で、見たら「タイム・トラベラー」で、映像的にもね、タイムリープなんかうまく処理しているなと思いました。

――残念ながら、ビデオは残っていないんですよ。（注：視聴者が家庭用ＶＴＲで録画した最終回だけが、かろうじてＤＶＤに収録されている）

筒井　ないね。

――七二年には『家族八景』が単行本になり、七瀬シリーズの第二作「七瀬ふたたび」の連載も始まっています。こちらも後で少年ドラマシリーズで映像化されましたが、〈別冊小説新潮〉と〈小説新潮〉に載った一般向けの作品で少年ものではないから、ちょっと不思議な感じがするのですが。

筒井　言われてみれば、そうですね。けっこうエロチックな場面もあるのに、なんでドラマ化の話が来たのか思いだせないな。やっぱり少年ＳＦっていうのは書き手も少ないし、映像化できそうなものは全部やってしまったからじゃないかと思うんですけども、どうでしょうね。

――以前、『細菌人間』を編集した時に解説に書きましたが、あれに収録した「闇につげる声」という少年ものの構成が『七瀬ふたたび』の原型だと思うんです。

筒井　ああ、そうですね。

——だから『七瀬ふたたび』も少年ドラマシリーズでやりやすかったんじゃないかなと。

筒井　なるほど。

——ただ、七瀬三部作と言いながら『家族八景』は一話完結の連作、『七瀬ふたたび』はサスペンス・タッチの長篇、そして三作目の『エディプスの恋人』は神の領域まで踏み込む実験的な長篇と、一作ごとにまったくスタイルが違う。これは意図されたんでしょうか？

筒井　どうなんだろう。意図したつもりはないんですけどね、『家族八景』の評判が良かったんで『七瀬ふたたび』も読切連作にしてくれと言われて始めたんだけど、まあ長篇ですよね。

——そうですね。『エディプスの恋人』は？

筒井　それは言うと差し障りがあるようなないような（笑）。

（場内爆笑）

■万博と〈ネオ・ヌル〉

筒井　万博はいつごろでしたっけ？

――七〇年です。『家族八景』が七二年で。

筒井　『家族八景』の後半は神戸に引き上げてから書いた気もする。

――そうですね、七二年に神戸に引っ越されています。

筒井　万博は小松さんが熱心になって、我々も行きましたけれども。イラストレーターの真鍋博さんなんかも行ってましたね。

――やはり未来の想像力を求められて、ＳＦ作家がだいぶ動員されています。

筒井　されましたね。僕なんかはあんまり……そうですね、小松さんほどではなかったんですけど、ルポを書かされました。

――筒井さんはむしろ、万博をネタにして短篇を書いてますね。「深夜の万国博」とか。

筒井　あと「人類の大不調和」というのを書いた。これは誰かがツイッターでつい最近教えてくれて思いだしたんだけど、万博の会場に突然超自然現象でソンミ村館っていうのができるんですね。ベトナムの虐殺事件の。そこから難民がぞろぞろとあふれ出してきて、ニュージーランド館のレストランをガラス窓からのぞき込んだりしてね。飯が喉を通らないっていうんで、世界各国から批判浴びましてね。それで仕方ないから日本が贖罪意識もあって、南京大虐殺館を作るという話です。

――中国は八五年に実際に南京大虐殺記念館を作っています。

筒井　そんなものがあとからできるなんて思ってもみないですからね。だから、さっきも言ったけど、そういう風に命がけでふざけ散らしてる場合は、後から物事が実現したりすることが多いんですよ（笑）。

――『48億の妄想』も至るところに監視カメラがある社会を予見していました。今回の『発作的作品群』に入っている「人間を無気力にするコンピューター」というエッセイは、各省庁にコンピュータがあって、国民総背番号制になったらどうなるかという内容で、まさにマイナンバーの話なんですよ。

筒井 それ知らなかった（笑）。

――今のマイナンバーの問題点など、ほとんどそのまま指摘されています。想像力の凄さというか、SF作家の書いたことが後から実現する好例です。

筒井 そうですか。

――七三年には《書下ろし新潮劇場》で『スタア』が出ています。筒井さんは戯曲も数多く書かれていますが。

筒井 きちんと依頼されて書いたのは『スタア』が最初ですね。《書下ろし新潮劇場》は純文学作家というか、戯曲を書けそうな作家に一冊ずつ書かせるシリーズで、遠藤周作とか、大庭みな子とか、もちろん安部公房とか、いろんな人が書いてた。僕のところにお鉢が回ってきたのは、だいぶ後の方だったと思うけど、こいつは芝居やってたから書けるはずだと思われたのでしょう。とにかく、それまで舞台用に考えていたドタバタのあらゆるネタを総動員して書きました。

――それが劇作家の福田恆存氏の目に留まって、実際に劇団欅で上演されることになりました。

筒井　東京で一般上演する前にSF大会でやってもらったんだ。私が主催してやった大会だから大阪のDAICONというので。

――「スタア」を上演したのは七五年ですから、SHINCONですね。

筒井　あ、神戸の方か。この時は福田氏が会場にやってきましたね。最後、舞台挨拶にも立ってくださって、うれしかったですね。それから小松さんのツテで、桂米朝さんが来てくれたんだ。

――落語「地獄八景亡者戯」をSFバージョンでやられたという伝説の大会ですね。

筒井　はい。

――SHINCONプログラムを見ると面白そうな企画ばかりで、うらやましいなと思うのですが、これは七五年なので、ちょっと後にまたお話をおうかがいしたいと思います。七三年には「ネオ・ヌルの会」が結成されて

NULL

復刊第１号
NULL復刊のことば・筒井康隆　1
会則　2
第14回日本SF大会立候補宣言・藤井光　3
ひとみちゃん・眞木俊吉　4
ショート・ショート添削批評について　6
添削と批評　6
編集室より　7
SFとTF（スリー・フィンガー）奏法・加登孝　8
同人名簿　9

〈NULL〉復刊第１号

います。六四年に休刊した〈NULL〉を十年近くたって、もう一度復刊しようと思われたのは、どのような経緯なんでしょうか。

筒井　その頃、北海道でSF大会があったでしょう。EZOCONか。そこへ家族三人で行ったら顔見知りのSFファンの連中が四、五人話しかけてきて、「神戸でSF大会やらないか」って言うんですよ。「それなら僕が主催しよう」ということで、そのためには前もってみんなに周知するために雑誌を出した方がいいだろうと。

——お、すごい計画ですね。SF大会のための雑誌。

筒井　そうなんですよ。それで〈ネオ・ヌル〉を出しました。これはショートショートの投稿を募って、僕がそれを全部見て、採点して、講評するというスタイルでした。

——筒井さんに読んでもらえて、しかも寸評してもらえるのだから、当時のSFファンは興奮したと思います。

筒井　そこから出てきたのが、夢枕獏やかんべむさし、それと山本弘、牧野修もそうでしたね。

——錚々（そうそう）たるメンバーですね。かんべさんは「決戦・日本シリーズ」を投稿された後に入会されています。目次を見ると高井信さんや水見稜さんの作品も載っていますね。

筒井　その時は商業誌に転載された人が何人か出た程度で、まだみんな無名だったんだけれども。同人としては三十人から四十人はいましたね。で、SF大会も終わったし、もうこれでやめようかということで、みんなを集めたら、「続けてくれ」って言いだして。でも印刷費が一号あたり三十万円くらいかかるから、さすがにしんどいと。金の話を持ち出されたら、やっぱり学生が多いから何も言えなくて、かわいそうでしたよ。あれは申し訳なかった。

――これに載ったショートショートは、八五年に中公文庫から『ネオ・ヌルの時代』（全三巻）としてまとまりました。SF同人誌としては、もっとも恵まれたもののひとつだと思います。

■《日本SFベスト集成》とSHINCON

――七五年からトクマ・ノベルズで《日本SFベスト集成》というアンソロジーを編まれています。七一年版から七五年版までと六〇年代版の六冊があって、僕は後から読んだので、毎年出てたのかなと思っていたのですが、これ二年の間に六冊出てたんですね。

筒井　そうですね。前にさかのぼって出してます。

――この時期、そういうものを作ろうと思われたのはどのような？

筒井　どういう経緯で出すことになったのか覚えてないんですけれども、二年間であれだけ出したということは、それまでにもずっと他の人のを読んでたっていうことですよね。

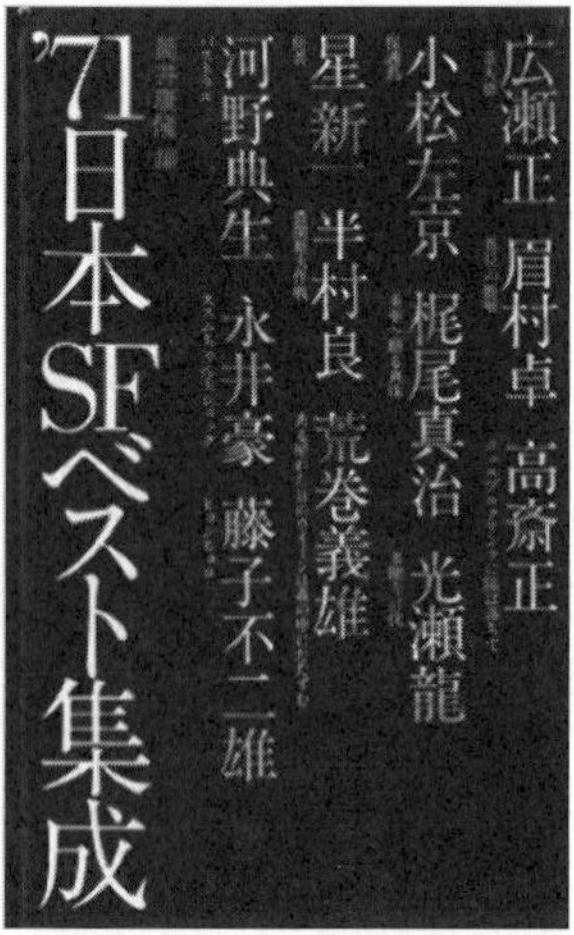

『日本SFベスト集成'71』（徳間書店、1975）

まあ、あの忙しい時に、よくこれだけ幅広く読んでたなと思います。

——僕がいま大森望さんと編纂している《年刊日本SF傑作選》シリーズは、筒井さんの《日本SFベスト集成》をお手本にしているんです。あの目配りの広さ、マンガからエッセイまで、本当に面白いものが採られていて、通読するとその年のSF界の空気がよく伝わってきます。僕のような後から来た読者には、非常にありがたいシリーズでした。

筒井 当時は作品発表の場として〈SFマガジン〉が芯にあって、そこからの情報もあったし、マンガは好きでずっと読んでましたから、特に苦労した覚えはないですね。

——〈少年ジャンプ〉の手塚賞の審査委員も務めておられました。

筒井 そうそう、米沢の増村博なんかは手塚賞の入選作品ですね。手塚賞だと、それから……。

——諸星大二郎さんの「生物都市」。

筒井 あれもそうですね。どっちかというと僕は彼の〈COM〉に載った作品が好きだったんだけど、「生物都市」は堂々たるSFでした。

――《ベスト集成》だと他に藤子不二雄さんの「ヒョンヒョロ」、永井豪さんの「ススムちゃん大ショック」も。

筒井　手塚さんの「ブラック・ジャック」も入れましたね。

――どういう基準で選ばれたんでしょうか。

筒井　うーん、あれも徳間の編集者から「早く出せ、早く出せ」と言われてたので、それでやった。結局、まだ若かったし、過去に読んだものが記憶に焼き付いてたんでしょうね。だから、すぐに出てきたんだと思います。

――解説を読むと編集後記のようになっていて、この作品が欲しかったけど断られた、みたいなことが書いてある。半村良さんの「夢の底から来た男」を入れたかったけど、短篇集のタイトルにするからと角川に断られた、とか書いてあって非常に面白いんですが（笑）。自分でもやるようになって、ああこういうことか、と分かるようになりました。特に年刊傑作選だと発表から時期が近いので、作者の短篇集に入ったばかり、ということがけっこうあります。

筒井　それから、小松御大なんかはですね、僕は「新趣向」っていうアニメのキャラがいっぱい出てくる短篇を入れるつもりだったんですがね、当の御大からいちゃもんの電話が来て「もっと長いのを入れろ」と（笑）。

――やりにくいアンソロジー（笑）。

筒井　しかたないんで、もう、他の人なら断るけど、あの人だけはって（笑）。そのかわりにそのいきさつは解説に書きました。そしたら、今度はファンの方から「自分の一番好きなものを選ばないで、何がアンソロジーだ」とお叱りが（笑）。

――そう言われても困りますよね。アンソロジーはさまざまな制約がありますので、その中でベストの選択をしていく大変な仕事だということを、自分がやるようになって痛感しています。

筒井　そうですね。

――《ベスト集成》シリーズは好評だったようで、それ自体も増刷していますし、横田順彌さんが同じスタイルで《戦後初期日本SFベスト集成》を編まれています。この徳間のシリーズを通読すると、日本SFの初期からの流れが分かるようになりました。

筒井　横田くんはそういうSF以前の作品を紹介してましたね。彼のは、もういつでも大変な労作なんだけれども、よくもあんな古いものを探し出して、と感心していました。何よりも驚くのは、明治・大正のややこしい文章をきちんと読んでね。あれは好きじゃなきゃできないわけですから。

――横田さんはお一人で「古典SF」という概念を作ってしまわれました。それまで国産SFの流れを総括したアンソロジーというと、早川書房の《世界SF全集》の中の『日本のSF（短篇集）古典篇』『日本のSF（短篇集）現代篇』の二冊と福島正実さんの追悼出版になった角川書店の『日本SFの世界』くらいでした。

筒井　福島さんは今から考えたら、わりと早く亡くなったみたいだけれども、そのアンソロジーのころは、まだご存命だったんじゃないかな。

――福島さんが七六年に亡くなって、『日本SFの世界』が七七年です。

筒井　ああ、そんなに早かったんだね。SF作家で一番早く亡くなったのは広瀬正。その次に大伴昌司が死んだ。福島さんはその二人のだいぶあとに亡くなったような気がしてたんだけども。

――広瀬さんが七二年、大伴さんが七三年、福島さんが七六年です。

筒井　それと似たようなことが、ついこないだもあったような気がするんですけどね。ほんとに何年かの間に星新一、小松左京、光瀬龍、半村良……あれ短期間でしたよね。あの四人は。

――小松さんは二〇一一年没なので少し離れていますが、星さん、光瀬さん、半村さんは九七年から五、六年の間に亡くなっています。

筒井　五、六年の間ですか。俺だけなんか生き残ってる(笑)。

――まだまだ新作を書いていただきたいと思っています。

筒井　いやあ、なんか常に耳元で「一人勝ち、一人勝ち……」って声がして。

（場内爆笑）

筒井　私だけ今日も生きてるなんて、恐ろしくてしかたがない。

――話を七五年に戻しますと、「ＳＦの浸透と拡散」というフレーズが。

筒井　それは神戸のＳＦ大会で私が言ったんだ。

――先ほどから話の出ているＳＨＩＮＣＯＮのテーマですね。

筒井　それをテーマにして、みんなに喋ってもらったんです。当時のＳＦ作家、そのときは一番若いので、山田正紀だったかな、その上が田中光二ですか。それから荒巻義雄、平井和正、なんやかんや星さんや小松さんも、十人ぐらい壇上に上げてですね、私が司会して大討論会をやろうと思ったんですね。

――何という豪華なパネルディスカッション。

筒井　そしたら、やっぱりみんな作家なんですよね。もう、そういう座談会を面白く盛り上げるとか、そういうエンタメ的な考えは全くない（笑）。自分がどういうふうにしてＳＦを書き始めたかっていうことをですね、延々と喋りはじめて。一人五分ぐらい喋って。だから結局……。

――それだけで一時間ぐらい。

筒井　そうなんだよ。だから十人全部喋り終えたら、もうそれで終わり（笑）。

――討論じゃない（笑）。

筒井　最後に平井和正が身もだえして、「やっと順番が来た！」って。「待つのがどれだけしんどかったか〜」って。知らんがな、こっちは（笑）。あれは失敗でしたね。もっとうまく司会すればよかった。

――それだけのメンツ……（笑）。話慣れしてるかどうかも大きかったんじゃないんですか。

筒井　そうですね、討論会慣れしていれば、人が喋ってるときでも、「いや、それは違うだろう、こうだろう」っていくらでも口を挟めるんですけどね。でも、小松さんが喋ってるときに、それはできませんよね（笑）。みんなそれぞれ他の人に遠慮したんでしょうね。

――ちょうど皆さんが、SF専門誌以外にも活動の範囲を広げられていく時期でもありました。

筒井　星さんが忙しくなって、みんなにお鉢が回って。誰もがショートショートを一斉に書かされたという時代もありました。学年誌からの依頼もあり、中間小説誌からお呼びがかかるようになっていったという感じですね。

――第二世代の山田正紀さんも、初期には学年誌に書かれていますから、そういう需要はあったと思います。もちろん、小松さん、筒井さんが中間小説誌に進出していったのも大きかった。

筒井　それからテレビドラマなんかもね、星さんが「宇宙船シリカ」をやってたころは、まだ幼稚なもんでしたけど、だんだんいいものができるようになってきた。九重佑三子が

「七瀬ふたたび」（NHK、1979）

やっていた「コメットさん」なんかも日常的なＳＦでしたね。あれは俺の『家族八景』の盗作だ、と怒ったんだけど（笑）。

――いや、「コメットさん」の方が二年ほど早いです（笑）。

筒井　ああ、そうですか。それは失礼（笑）。しかし、あのお手伝いさんというのは、いろいろ形を変えて、いまだ延々とやっていますね。

――大元は「メリー・ポピンズ」なんです。あれが推理小説だと松本清張で「家政婦は見た！」になるし、ＳＦだと筒井さんの『家族八景』に。

筒井　なるほど。『家族八景』も民放でテレビドラマになりましたね。『七瀬ふたたび』の後でしたけど。

――放送は日曜劇場の「芝生は緑」の方が先なんです。これ、どっちも七瀬が多岐川裕美さんで不思議に思っていたんですが、先に決まっていた少年ドラマシリーズの多岐川さんが良かったので、民放から『家族八景』ドラマ化のオファーが来た時に筒井さんが推薦されたとか。

筒井　そうでしたね。そうすると『エディプスの恋人』だけか、なんにもないのは（笑）。

――あれをテレビドラマにするのは、ちょっと難しいと思うのですが（笑）。きりがいいので、このへんで前半終了ということで。

筒井　すいません、ちょっとガソリンがきれてしまいましたので（笑）。

――筒井さんの煙草休憩、十分間いただきます。

（場内拍手）

＃4 『欠陥大百科』『発作的作品群』の時代（後篇）

■『おれの血は他人の血』と『男たちのかいた絵』

――それでは第二部を再開いたします。後半は個別の作品について、いろいろお話を伺っていこうと思います。第四巻に入る連作『男たちのかいた絵』と長篇『おれの血は他人の血』は、どちらも七二年に連載が始まって、七四年に本になっています。〈問題小説〉に発表された『男たちのかいた絵』は異常性欲がテーマの連作でした。

筒井　これは、ヤクザでしたっけ？

――そうです。必ずヤクザが主人公です。

筒井　それとタイトルがジャズのスタンダード・ナンバーで。

――三題噺みたいで制約が非常にきつい連作だな、と思うんですが。

筒井　その制約は自分で決めたんだけど、まあ出来るだろうという自信はありました。ヤクザの話だから、どう書いても面白くなるぞ、とも思ったし。それにSF的な味付けをしていきました。

——かなり後で映画にもなりました。

筒井　『男たちのかいた絵』というタイトルではあったけれど、確かあの中の二つの話をくっつけたものでしたね。あれは主演誰だっけ？

——豊川悦司です。

筒井　そうそう、トヨエツだ。彼は二重人格の役を非常にうまくやってましたね。人格変わるところなんか。

——その映画が公開された時に徳間書店からノベライズが出ました。スチールをたくさん入れて「写真小説」と銘打ったもので、今回のコレクションにも関連作品として収録しようと思っていたのですが、先日、テレビで筒井さんが「あれを書いたのは実は俺だ」と明かされて非常に驚きました。

『男たちのかいた絵』（徳間書店、1974）

筒井　死ぬまで秘密にしておこうと思ってたんですけどね（笑）。映画のノベライゼーションをやってくれないか、という依頼が徳間からあったんです。で、一回断ったんですけど、ちょうど断筆中でお金がないもんだから（笑）。

――たしかにその時期でした。

筒井　で、「百万円くれ、それならやります」と言ったら、OKしてくれた。でも小説の通り書いたってしかたがないんで、映画を見てですね、ビデオで何回も何回も巻き戻して、その通りに書いたんですね。

――珍しいパターンですね（笑）。

筒井　でも、まあ、もともと自分のものですから。だけどもバレちゃいけないんで、筒井康隆色はできるだけ出さないように（笑）。そのときにネットの会議室で司悠司、ハンドルネームが著八怪っていう。彼がですね、「こいつは天才」だと。「うらやましい」って。彼も小説書きますんでね。ああ、俺こんないいかげんに書いてても結構いけるんだと（笑）。

――恐ろしい話です（笑）。この写真小説版も次のコレクションに入れる予定です。

筒井　それから、生島治郎氏がアンソロジーを出すというので、確か『男の小道具　飛び道具』というタイトルだったと思いますが。

――集英社文庫ですね。筒井さんが『実験小説名作選』を編まれたのと同じシリーズです。

筒井　で、僕に「なんか男の武器ってないか？」って。その『男たちのかいた絵』の第一話「夜も昼も」ですね、ヤクザが怯えてる人間を見ると、性欲が猛然と起こって、そいつの目の前でオナニーをするという、そういう話があるけど、どうだ？　と言ったら、「それこそ男の飛び道具じゃないか」って、そのアンソロジーに入れてもらったことがあります（笑）。

――『男たちのかいた絵』はあんまり目立たないですけど、とても面白い作品なので。コレクションに入って読まれるのは嬉しいです。もう一本の長篇『おれの血は他人の血』、こちらもヤクザものです。

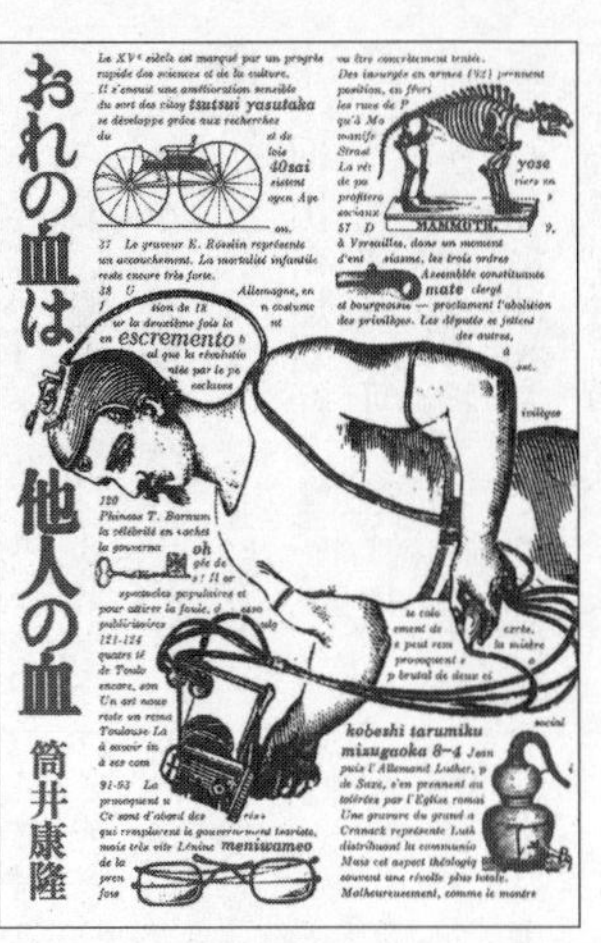

『おれの血は他人の血』（河出書房新社、1974）

筒井　ああ、そうですね（笑）。

――ヤクザが抗争している街に気の弱いサラリーマンがやって来て、大暴れして、ひっかきまわしていくという話です。ダシール・ハメットの『血の収穫』のパターンを使った作品ですから、ジャンルとしてはミステリというか、サスペンスものになります。

筒井　そのオマージュですね。

——完全にハードボイルドSFなんですが、当時の単行本には「ナンセンス長篇」と書いてあって、編集者もジャンル分けに苦慮した様子がうかがえます。SFのスタイルでハードボイルドを書こうと思われたのは？

筒井 それはやっぱり好きだったから。これはどこから出たんだったかな。

——河出書房新社です。

筒井 単行本は河出だけれども、連載したのは〈Pocket パンチ Oh!〉ですね。だから平凡出版か。そこの担当者がですね、それまでちらりちらりと話をしてたので、顔見知りではあったんだけれど、やってきたのが能見正比古さんです。

——血液型性格分類の（笑）。

筒井 僕はそのときには、この人が血液型の専門家だということを知らないもんですからね。普通に原稿渡してましたけど、あれ、どう思ったでしょうね。『おれの血は他人の血』って（笑）。後から知って、不思議なこともあるもんだなと。でも、彼はよくわかってくれて、喜んでましたけどね。いろんな面白い話を聞きましたよ。彼は非常に古い編集者なので、いろんな老大家ともお付き合いがあって、そのエピソードを教えてくれました。

——立風書房にいらっしゃったんでしたっけ？

筒井 彼はだから、白井喬二なんて人の担当をやってるんですね。

——えっ、そんな！　戦前から書いている人の……。

筒井　そうですよ。とにかくその白井喬二の連載を担当していて、途中で敵陣営に殴り込みに行くという場面があった。大団円の前に。で、悪玉をみんな征伐して、善玉だけが集まって、よかったよかったと言ってるときにですね、その殴り込みかけたときに敵の捕虜になってたままのやつが、一緒になってよかったよかったと言ってるんですね（笑）。で、能見さんが「これちょっとおかしいんじゃないか」と指摘したら。白井喬二がめんどくさがって、お前書けって言われて。しかたなく若侍奪還作戦の章を一章書いたと（笑）。昔はそんなこともザラにあったみたいです。

——豪快な話ですね。

筒井　『おれの血は他人の血』は、僕の小説ではじめて映画化されたものです。主演は誰だっけな？　火野正平だ。監督が舛田……わからん。結構な大監督なんですよね。その大監督にして、よくまあこんな駄作が作れるなあと（笑）。

——舛田利雄監督ですね。

筒井　いろんな大作を作ってる監督ですよね。それがまあひどいもんで（笑）。あれはひどかった。奈美悦子も出てたかな。

——公開は七四年です。本が出た年に、すぐ作られています。これソフト化されてないんですよね。僕はテレビで放映されたときに、見たんですけど。

筒井　放映されたんですか。ビデオ化しないでください（笑）。あれはもういいです。

——今回、コレクションの編集をするので、初版本を出してきたんですけれど、その帯に植草甚一さんが推薦文を書かれていました。でも、その中に「(中略)」と書いてあるんですね。推薦文なのに「中略」はおかしいなと思ったんですけど、ツイッターで教えてもらったところ、植草さんはゲラをもらって読んだ段階で、本が出る二カ月も前の雑誌にかなり長い書評を載せてるんですよ。今ではちょっと考えられないし、当時でもこれは(笑)。

筒井　植草さんらしいというか。

——〈問題小説〉の書評コーナーに、今度出る筒井康隆の『おれの血は他人の血』はこんな話だ、と紹介しています。「この作者のヤクザものは本誌の読者なら知っていると思うが面白い」というくだりがあって、読者が『男たちのかいた絵』を読んでいる前提で書かれているんですね。

筒井　僕はそれまったく知らなくてですね、今日はじめて日下さんからコピーいただいて読んだら。あれはハメットへのオマージュとは書いてなくて。ジェイムズ・サーバーの『虹をつかむ男』のパロディだって書いてあるんですね。思ってもいないことで(笑)。

——この書評は当然コレクションにも入れます。中略せずに全部入れますのでお楽しみに(笑)。

■『大いなる助走』と『富豪刑事』

――長篇でお聞きしておきたいのは、七七年に連載開始の『大いなる助走』です。これは文学賞を落とされて鬱憤の溜まった作家が選考委員を殺して回るというショッキングな話なんですが、これはよく〈別册文藝春秋〉に連載されたなと思います。担当者は何も言わなかったんですか？

筒井　担当者が田嵜（たざき）と言いましてね。今はもう辞めてますが、そのときはまだ若かったんですね。彼、ちょっと発音に難があって、田嵜って自分の名前言えなくて、「たやき、たやき」って言って、みんなそれを真似して「あのたやきがな」って言ってましたね。彼がですね、ずっと僕のところに来て、何か長篇を書け書け、と。なかなかいいアイデアがなくて、ずっと断り続けてたんだけれども、ある時、彼が文藝春秋だから、文春の一番嫌がること書いてやろうと思いついた（笑）。だから最初のうちは、最後に選考委員みな殺しになるなんてことは、おくびにも出さないで始まってます（笑）。

『大いなる助走』（文藝春秋、1979）

――文学賞のドタバタ小説という感じ？

筒井　それも言わなかった。最初は同人雑誌ですね。同人雑誌の内幕ものというところから始まって。だんだん候補になってという順番で書いていった。だからあれは、三回目か四回目くらいまではどんな話になるか、たやきにも分からなかったんじゃないかな（笑）。それでだんだん選考委員が……。

――不穏な展開に（笑）。

筒井　候補作品を読んだ選考委員が知らず知らずにその文章を盗作したり、それを隠そうとしたり。いろんなドタバタがあって、最後いよいよ殺して回るっていうときにですね、やっぱり文句がきました（笑）。田嵜のところにみんな行ったんだろうと思いますけども（笑）。なかには選考委員がやっぱり怒りましてね。まり花っていう作家が集まる文壇バーが今でもありますけれど、源氏鶏太なんてのは、そこでぼやいてたらしい。色川武大氏が僕に教えてくれたんだけどね。「あれどう思いますか？　あれはどうですか」って色川さんに尋ねるんで困っちゃったって（笑）。やっぱり、本当に怒った人は名前言いませんけど、一番分厚い唇で怒鳴りこんできたっていう人もいます。

――それは、作中でも誰だか明らかに分かります（笑）。

筒井　これも名前は言いませんけれども、そのときの出版部長は僕をよく思っていなかった人なんです。この本あんまり売れなかったんだけれども、それは初版で止められてしまったからなんですね。で、誰から聞いたんだっけな、彼にエレベーターかどっかで会ったら「あの本は本当はもっと売れるはずなんだけどねえ、イヒヒヒヒ」って悪党面で笑ってたと（笑）。文藝春秋にはそういう人いますね。

——以前の『アフリカの爆弾』のタイトルを勝手に変えた人も。

筒井　ああ、杉村さんね。あのぐらいはもう当たり前じゃないですか（笑）。

——文春で本になったときは元のタイトルに戻りました。

筒井　さすがに、本のタイトルは『アフリカの爆弾』にしてくれと頼みました。

——『大いなる助走』は文庫になってから読んだので、よく売れている長篇というイメージがあったのですが。

筒井　そう。文庫はずいぶん売れましたね。

——表紙に使われている原稿用紙は直筆ですか？

筒井　そうですね。

——微妙に作家の名前が切れて見えないようになってる（笑）。

筒井　あれで一番困ったのはね、作家の名前読めないでしょ。わざと読めないようなめちゃくちゃな字にしてるんだけど。

——振り仮名もふってない。

筒井　何もふってない。そのころからかな、本を朗読して、目の見えない人に読ませるっていう人が出てきた。ボランティアでやってるみたいなんですよね。そういう人が直接うちへ電話してくるんですよ。「この名前は何て読むんだ?」って（笑）。で、「それは読めないんです」って言っても「作家のくせに自分の書いたものが読めないんですか」って。それで困りましてね。それ以後、申し訳ないけれども、ボランティアの朗読は全部お断りしてます。

――なるほど、読めないと朗読できないわけですからね。

筒井　まことに申し訳ないけどね。僕の本は特にそういうのが多いですから（笑）。突っ込まれても困ります。

――これも映画になりましたね。

筒井　私も出演させられて。映画は初出演だったかな。

――選考委員の役ですか?

筒井　いやいや、僕はバーで暴れるSF作家の役です（笑）。あのときは文藝春秋の連中全部呼んで、クラブの中でロケをやった。お酒を飲む演技をさせたり。文壇バーという設定だから、野坂さんがどうこうってなことを勝手に喋ってもらって。

――リアルなエキストラ。

筒井　はい、そうですね。あれにはたやきも出てました。あのときは僕は確かビール瓶を投げつける役だったかな。それが狭いクラブの中だから、非常に危ないんですよね。向こうでスタッフの連中が布を拡げて待ってる。そこへビール瓶を投げて命中させせないといけない。うまくそれに乗っかったので、拍手が起こりましたけども（笑）。

――終演の時間が迫ってきましたが、もう一作ぐらい大丈夫ですか。次は『富豪刑事』の話を。SF色のない本格的なミステリですね。大富豪の刑事がお金をいっぱい使って、事件を解決するという連作。設定は突飛なんですけれども、一つ一つの事件は緻密に組み立てられていて、ミステリとしては非常に完成度が高いです。これ、トリック考えるの相当大変だったと思いますが。

筒井　とにかく考えましたし、作中で金をいかに効果的に使うかってところにも気を遣いました。ですから縛りが二つある訳で、だいぶ苦しみましたね。そんな時でも他社からも短篇の注文は来るので、担当者は〈小説新潮〉の横山正治でしたけども、『富豪刑事』一話だけ、よその雑誌に載せてもいいか？」って言ったら、顔真っ青になって「それはやめてくれ」って（笑）。まあ、あれは最初のやつと最後のやつが、はじめから出来てたんです。真ん中の二話のアイデアを何とか考えて、軌道に乗りました。

『富豪刑事』（新潮社、1978）

――「続けて『富豪刑事』を書いてくれ」とは言われなかったんですか。

筒井　それはなかったですね。ただ、東宝が映画化するっていうんで、プロデューサーやその子分たちが何人か一緒にやってきまして、打ち合わせしたんですがね……やっぱりなんか向こうが好き勝手なこと言うんですね。この四篇一つ一つを映画化するのは大変だし、かと言ってどれか一つのエピソードでは一本の映画にならないんで、これ全部度外視して、新しい話を一冊書いてくれと（笑）。

――えっ、新作をですか（笑）。

筒井　だからやっぱり知らないんですよね。文壇のこととか、僕の仕事のやり方なんかを……。それは非常に困りましてね。さすがに新作は断りましたけれども。で、まあなんとかやりますすっていうんで、僕はいろんな注文出して、神戸喜久右衛門っていうお父さんをあまり変な風にしないでほしかったし、できれば森繁（久彌）でやってほしかった。でも森繁を出すほどのお金はないです、と。それから昔のスタンダード・ナンバーの曲を入れてくれとか、自分なりのイメージがありますから、いろいろ言ったんだけれども、それもダメと。そして台本を一度見せてくれと言ったら、「台本はいくらでも現場で変わるから」って、見せてくれないんですね。

――最終的に変わるにしても、最初は見せた方がいいと思うんですが（笑）。

筒井　それでこちらも、じゃあ、まあいいですよと言ったものの、あとからだんだん腹が立ってきてね（笑）。それで東宝に電話したんですよ。「筒井康隆です」って言ったら、若いスタッフが「ああ、はあ」みたいな応対で、またなんか文句言いにきたなみたいなね。頭にきて「話はなかったことにしてください」って言ったら、「ええ！」って驚いてました。それからプロデューサーからも電話があって、なんやかんや嫌味を言われましてね。「こちらの業界では筒井さんの評判は甚だよろしくない」って（笑）。知らんがな！（笑）。そんなことがありましたね。

――『富豪刑事』もだいぶたってから、深田恭子さんでテレビドラマに。

筒井　まあ、深キョンがやるっていうんで。これはもうしかたがないと。ホリプロの世話になってるから（笑）。

――富豪刑事が女性になってました。

筒井　深キョンはまあ、私のホリプロでの先輩でもあるし、綾瀬はるかもみんな先輩なの。

――テレビドラマ、筒井さんも出てらっしゃいますよね。

筒井　ああ、そうですね。最後にちょっとだけ私の宣伝をやらせてもらっていい？

――どうぞ、どうぞ。

筒井　実は〈新潮〉の十月号に「モナドの領域」という長篇を一挙掲載しました。そしたら、これがたちまち売り切れてしまってですね、モナド難民っていうのが出て（笑）。増刷はしたんですけど、それでもまあ、おそらく四〇〇〇部の増刷では足りないだろうってが出ます。

いうことで。ほとんど緊急出版といってもいいと思うんですけど、十二月の一日に単行本

——おお、それは早いですね。

筒井　今もうゲラが届いていて、それ早く見なきゃ間に合わないということで手直ししています。十二月一日というのは、まあ営業部の方が、キリがいいからぜひ、といってきたんですが、いずれ本になるときには、装幀を草間彌生さんに頼もうと思っていたんです。だけど、いくらなんでも、そんなに急かすわけにはいかないからね。しかたがないから、またしても息子の伸輔に無理を言って装幀をやってもらいます。彼はちょっとしんどいですけれども。十二月一日、定価がいくらになるかまだ分かりませんが、一つお買い求めいただけたらと（笑）。

（場内拍手）

——本日はどうもありがとうございました。次は『虚人たち』から、ぜひまた。

筒井　ありがとうございました。

（二〇一五年十月十七日／於・新宿文化センター　小ホール）

＃5
『虚人たち』『虚航船団』の時代（前篇）

■蜷川幸雄さん追悼

――今回も、よろしくお願いいたします。前回は『大いなる助走』『富豪刑事』と七〇年代後半の作品までお話をうかがいました。今回はまた少し戻って七〇年代前半の話になるのですが、純文学雑誌に書き始められた経緯をおうかがいしたいと思います。

筒井　最初は「家」でしたっけ？

――中央公論社の〈海〉に七一年に発表されています。

筒井　そうでした。「家」のときの編集者は塙嘉彦さんじゃなくて、もう一代か二代前の人でしたね。

――近藤信行さんでしょうか。当時、筒井さんはSFの人気作家でしたから、中間小説誌ではなく純文学誌から依頼が来たのは異例のように見えますが。

筒井　突然、依頼が来たんだよ。吉田好男さんって言ったかな、突然やってきた。ダンモ髭生やした恰好いい人でしたよ。ただ、もうなんかね、昔のこと忘れちゃってね（笑）。最初の頃のことはわりと覚えてるんです。だけども、現在に近づけば近づくほど記憶が途切れて……それはともかくとして、本日はご来場、どうもありがとうございます。

（場内拍手）

筒井　前回同様、今回もたくさん来てくださいまして。こんなにたくさん来てくださるのはね、なんかあるんだろうと（笑）。

――それは筒井さんの人徳だと思いますが（笑）。

筒井　いや、もうすぐ死ぬからと思ってるんだよ。いつ死ぬか分からないから、これが最後かもしれないって。

――同年代の方々、いろいろとご不幸が多かった。

筒井　そうなんです。蜷川幸雄さんが亡くなって（注：一六年五月十二日没）。これはショックでしたね。私、文壇的に競争相手とかなんとか思ったことないんだけど、蜷川幸雄さんだけは、なんか競争相手のような気がしてましたね。

――おお。

筒井　彼、僕より一つ下なんだけど、どんどん、どんどんすごいことやるからね。こっちもそれに負けまいと。まあ彼の存在が一つの励みになっていたんです。だいぶ前から悪かったんだよね。

——筒井さんは蜷川さんの舞台にも出ておられますね。

筒井　彼に引っ張り出されて、チェーホフの「かもめ」でトリゴーリンをやらされました（注：九九年の公演）。これ主役なんですよね。六ページもある長科白言わされたりなんかして。あの頃はまだ彼も元気でしたが、心臓が悪くて、ペースメーカーを見ながら、「これだとあと二、三回は怒鳴れる」なんてことを言ってた（笑）。そのあと、藤原竜也くんがやった「弱法師（よろぼし）」にも引っ張り出されて。あれはロンドンまで行ったんだ（注：〇一年のイギリス公演）。いやあ、亡くなったのはショックでしたね。そのちょっと前には戸川昌子が亡くなってしまうし（注：一六年四月二十六日没）。今日お話しする内容が、ちょうどみんなで戸川昌子がやってる「青い部屋」へ、ほぼ毎晩のように行ってた、そういう時代なんです。ついこないだも天地総子と一緒に「青い部屋」へ行ったんだけども、もうそのときはべろんべろんでした。お姉さん相手に飲みまくってたなあ。

（注：九九年の公演）。

——お元気だったんですね。

筒井　元気だったんですよ。

——筒井さんの方は新作も旧作も続々と出ますし、『時をかける少女』が今度はテレビドラマになるということで、話題が途切れません。

筒井　昔のものが次々とね。ありがたいことです。『時をかける少女』なんていうのは何十年も前のものなのに。「ビーバップ！　ハイヒール」っていう大阪のテレビ番組でね、これは「金を稼ぐ少女」だって言ってウケた（笑）。最近いろいろ昔のものが出たりするわけなんだけど、そのたびにどかーんとゲラ刷りが送られてきて、それを校正するのと、サインするのと、それから契約書の書き換えだとか何とか……とにかく小説を書いてるヒマが全然ない（笑）。『モナドの領域』で、長篇はもうこれで最後だっていう宣言をしたでしょ。あれをやってよかったと思ってる（笑）。

――いつも厚いゲラを送ってしまって申し訳ございません（笑）。

『脱走と追跡のサンバ』から『虚人たち』へ

――まず今日は純文学の話。特に非常に実験的な『虚人たち』ですね。初期の『脱走と追跡のサンバ』から『虚人たち』を経て『残像に口紅を』につながる実験作の系譜があると思うのですが、ああした作品を書かれた意図について、おうかがいしたいのですが。

筒井　実験作というか、純文学はですね、自分が書きはじめる前は、やっぱり石原慎太郎とか開高健とか大江健三郎とかが次々にデビューする時代だったから、その頃はまだ役者志望だったんだけど、敵愾心がありましてね、全部読んでいました。で、だんだんと自分の中でも純文学志向っていうのは高まっていったと思います。SFを書き始めたそもそもがシュルレアリスムですから、その素質はあったんでしょうね。とにかくSFを書きながらも、純文学の一番新しいところ、前衛的なところを読んで、それをSF、つまりエンターテインメントになんとか応用する手はないものか、ということをいろいろ考えていました。

――おお、なるほど。

筒井　だから、すごく初期のころから、『脱走と追跡のサンバ』もそうなんですけど、短篇でね、なんやかんや書いたんです。なんだっけな、「フル・ネルソン」とか、「ビタミン」とか、あと「ホルモン」とか「早口ことば」とか。「ビタミン」は星雲賞もらったんじゃないかな。

――第一回が「フル・ネルソン」、第二回が「ビタミン」です。

筒井　あと『バブリング創世記』っていう短篇集があるんですけど、あの中に入ってるのは実験的なものが多いですね。

――「バブリング創世記」「裏小倉」

『バブリング創世記』（徳間書店、1978）

「上下左右」ですからね。「上下左右」は実験的過ぎて徳間文庫では外されてしまったので、今回のコレクションに収録する予定です。（注：第六巻および徳間文庫新装版に収録）

筒井　この手のものはいっぱい書いてますね。

――ニュー・ウェーヴの影響ってないですか。

筒井　それは、もちろんあります。特に、ブライアン・オールディスね。もちろん（J・G・）バラードも好きだったし。で、そんなこんなしてるうちに、〈海〉の塙さんが突然、神戸のうちへ来た。大江さんの紹介だったみたいですね。なんか神戸に筒井という男がいると。前衛的な文学が好きで、ラテン・アメリカ文学なんかは相当読み込んでるらしいから、一度行ってみたらどうだ？　って大江さんに言われて。

――その頃、純文学サイドから筒井さんに注目していた大江さんも凄いと思います。

筒井　〈海〉には「家」とか「新宿コンフィデンシャル」なんかを書いてはいたんだけれど、しばらく間が空いていたので、改めて初登場のつもりで書きました。最初は「中隊長」という短篇。これは奥野健男さんに「一部分子供っぽい」とかなんとか言われて。その次に書いた「遠い座敷」っていうのを奥野さんが激賞してくれて、これは我々の世代が非常によく見る夢であって、それの文芸化に成功してるみたいなことを言ってくださって。それでちょっと自信を持ったのかな。

――「遠い座敷」は文句なしの傑作です。

筒井　で、ある晩、すごいアイデアを思いついて、それをメモしましてね、次に上京したときに、銀座のスタンド・バーかなんかに塙さんを呼び出して、実はこうこうこういうアイデアがあると、だけどどう考えても、これはちょっとわけのわかんないものになりそうだけども、こういうの書いても大丈夫だろうかって聞いたら、塙さんが「もうすぐ次の号から連載しましょう」と（笑）。

――いよいよ『虚人たち』が。

筒井　さすがにすぐは無理なので、しばらく仕込みの時間をもらって、連載自体も二ヵ月に一度だか三ヵ月に一度だかにしてもらった覚えがあります。それで書き始めて、二、三ヵ月してからかな、塙さんが倒れちゃったんですね。彼は東大出の大秀才で、なんか入院してるときでも、新たにまたスペイン語の勉強を始めてるなんて聞いたことがあります。で、その塙さんのところへ編集者が新しい原稿を持って届けるたびに、「これでまたあと三ヵ月続き読めないのか……」なんておっしゃっていたらしい。これはもう手ごたえありだ、ということで、勢いがつきました。ただまあ、書いてる途中で塙さんが亡くなりました。書き上がるちょっと前だったかな。青山斎場で塙さんのお葬式があって、そのときもたくさんの人が来てましたね。大江さんはもちろん来てたし。それから井伏鱒二もいました。みんな悲しんでましたね。すごい人でした。

――ラテン・アメリカ文学を紹介した人として有名でした。

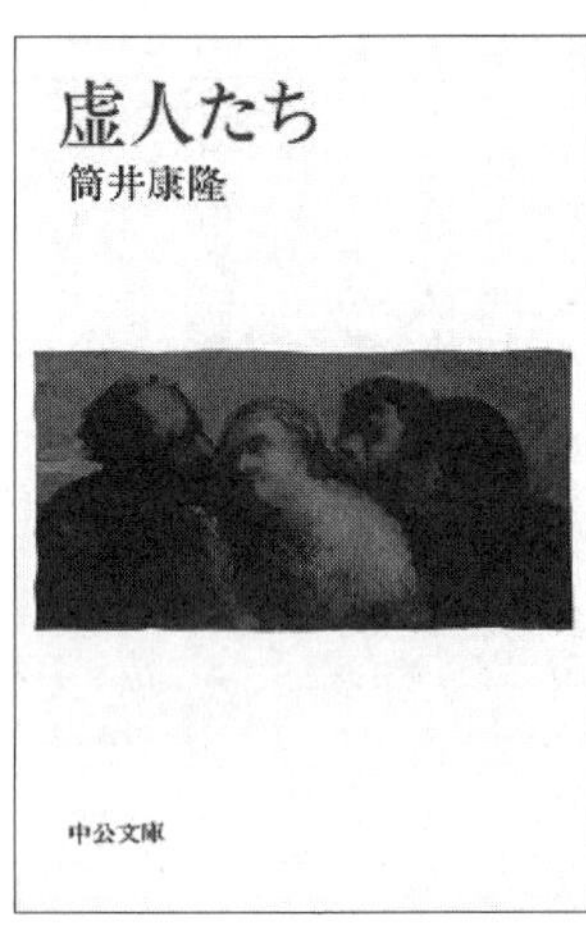

『虚人たち』（中央公論社、1981）

筒井　彼が直接紹介したわけではないと思うけど、〈海〉にはそういう作家がよく載っていましたね。彼が最初に来たときには、フランスにミシェル・トゥルニエという凄いのがいると教わって、読んだりしましたね。ル・クレジオはだいぶ前から読んでましたけれど。

――やはりそのころ海外文学、世界文学を意識されていましたか？

筒井　そうですね。これが最先端だというものを選んで読んでいるようなところがありました。

――『虚人たち』の主人公の意識がページ数と連動している、という趣向には驚きました。

筒井　いままでの小説の省略のしかたを批判した、いわゆるメタフィクションですね。それは僕は自分で考えました。虚構と現実ということを考えたときにですね、一般に小説といわれているものの中に、おかしなところがいっぱいあるんじゃないかと思った。現実と食い違う虚構とか、あるいは虚構の中でしか表現できない虚構とか、そういったものができるんじゃないか、最初考えたのはそういうことでした。それで時間であるとか人物であるとか、キーになる項目を十カ所くらいメモして、それから考えはじめた。

――『虚人たち』は途中に白いページがあるとか、見るからに実験的な作品なんですが、同時にエンターテインメントとしてもちゃんと成立してるのが凄いというか。

筒井　いや、あれだけはエンターテインメントのつもりはないんです。他の作品は純文学雑誌に書くにしろエンターテインメントの要素は少しは取り入れないと読んでもらえないと思って書いていたけど、『虚人たち』はそれを考えませんでした。ただ意外なことに、本になったときはまったく無反応だったんだけど、今ごろになってずいぶん評価してくださる方や、あれを読んで研究してくださってる方なんかがたくさん出てきた。ありがたいことです。

――途中、『脱走と追跡のサンバ』と登場人物が共通してるって部分がありますね。

筒井　えっと、あれはですね、サミュエル・ベケットの小説で『モロイ』っていうのがあるんですけれど、『脱走と追跡のサンバ』はそれのいただきがだいぶあるんですね。で、今度はその『脱走と追跡のサンバ』からまただいぶいただいて、『虚人たち』をやったという、そういう流れが自分の中ではありました。だから繋がりはあるんだけど、ここでまた新たに何か始めようという気持ちの方が強かったと思いますね。

——八〇年代以降の実験小説路線については、次のトークショーのときに改めて詳しくおうかがいします。さて、今回、復刊ドットコムさんから《筒井康隆全戯曲》という筒井さんの戯曲集、シナリオ関連の文章をすべてまとめた本を出すことになりました。そこで戯曲についてのお話を、まとめておうかがいしておきたいと思います。最初に本になったのは新潮社の『スタア』ですね。

筒井 あの《書下ろし新潮劇場》というのは、新潮社が出してた長篇戯曲のシリーズで、僕が書くまでに、もうすでに有名な劇作家の方がみんな書かれてたんですね。その中にときどき、遠藤周作であるとか、大庭みな子さんも書いてたかな？

——星新一さんも書かれています。

筒井 で、なぜか知らないけども、こいつは戯曲を書けそうだということで、僕のところにも話がきたんです。それで、まあ公には初めて戯曲をやることになって「スタア」というのを書きました。本になって出た時にはですね、僕のファンたちが買うわけなんですけれど、戯曲なんていうのは売れないし、内容がいくら長篇戯曲といったって、たいていは三幕か五幕で終わるようなものですから、長篇小説のページ数としてはひどく少ないんですよ。

——二百枚ぐらい？

筒井　そうですね。それで、定価が高いといって怒ってきたファンがいました（笑）。

――それはでも、そういうものですからね。

筒井　そういうものなんだけど、僕のファンだから戯曲というものを知らないのね。そのシリーズはすぐになくなりましたけれど、非常によかったと思うのは、私の場合は幸いなことに、そのような戯曲を発表する場があったんですね。つい最近も、劇作家協会の会報なんか見ますと、戯曲を書いたけれどどこへ発表していいか分からない、みんなどうしてるんだろうっていうのが、いまだにありましたね。

――筒井さんの場合、小説として発表したものを戯曲に書き直すケースがあります。

『筒井康隆全戯曲1　12人の浮かれる男』（復刊ドットコム、2016）

筒井　今回の復刊ドットコムの第一巻目に入ってますけど「12人の浮かれる男」、それから「改札口」かな、これはまあ短篇ですけどね。そういうものを、まず小説の形で雑誌に載せるという手があった。今の戯曲専門に書いてる人たちはそれができないから非常にかわいそうだと思います。もちろん「12人の浮かれる男」にしても小説として書きながら、これは戯曲なんだ、という頭は最初からありました。ですから、それを戯曲化するのは非常にやりやすかった。

――「12人の浮かれる男」は、まず〈GORO〉という小学館の男性誌に小説として載ってるんですけども、次の年に、すぐに戯曲に書き直されて初めての戯曲集『筒井康隆劇場12人の浮かれる男』に入っています。小説版は《筒井康隆全集》にしか入っていないので、戯曲の形でしか読んだことがない人の方が多いと思います。小説版の方は、今日お配りした、『筒井康隆コレクションV　フェミニズム殺人事件』に入れましたので、ぜひ読み比べていただきたいと思います。

筒井　幸いなことに、戯曲集を出してもらえることになったので、小説の方は、内容的には同じものですから、普通の単行本には入れなかったわけです。

――「改札口」は「乗越駅の刑罰」だし、小説として書かれてたときから、これは戯曲にしたら面白いなっていうのは思われていたんですか？

筒井　そうですね。むしろ逆にそれまではですね、これ戯曲の方がいいんだけどなあと思いながら、短篇にしたものもたくさんあります。ですから、そういうものを読んでる編集者が、この男は戯曲も書けそうだっていう判断をしたんだろうと思います。

――それは慧眼ですね。

筒井　三百人劇場で劇団欅が「スタァ」をやると決定したときに、八月に私が神戸でやることになっていたSF大会の舞台で、ぜひ「スタア」をやってほしいという無理を言ったんです。演出の福田恆存氏が「じゃあ、早く稽古して」っていうことで稽古を早めてくださった。その稽古を見に行って。

——初演はその年の十一月ですから、三カ月早まったことになります。

筒井　福田さんはわざわざ神戸まで来てくださったんです。SF大会に和服でふらっと見えましてね、舞台の上で挨拶なさったんだけど、かっこよかったですよ。そのとき一緒に神戸に来てくれた演出助手の樋口昌弘は私の友達です。同志社大学時代に、同志社小劇場っていう劇団がありまして。そこで福田恆存氏の「龍を撫でた男」というのを演出した。そのとき私も役者の一人として出たんですね。その三人が全然違う役割で顔を合わせた。作者の福田さんが演出家になって、演出した樋口くんが演出助手にまわって、役者やった私が原作者になった。ずいぶん変なめぐりあわせだなあと思いましたね。

——そんなことがあったんですか。

筒井　これ、もうちょっと後の話になるんですけどね、この「スタア」の次に「三月ウサギ」という長めの戯曲があって。もうこの頃には、戯曲のまま小説雑誌に掲載してもらえるという、そういう身分になっておりました（笑）。で、その「三月ウサギ」が発表されるとすぐに、福田さんが演出だったのか、荒川さんだったかな、あ、樋口昌弘が「三月ウサギ」の演出をやったんです。で、荒川哲生っていう人が福田さんのそばで演出助手をやったり、プロデューサーをやったりなんかしていたんですが、その人と一緒にですね、神戸までやって来たんです。

――八一年の劇団昴の公演ですね。

筒井　そうです。で、「三月ウサギ」やらせてくれというだけのお話だろうと思ってたら、その「三月ウサギ」の主役をやれって言うんですね（笑）。他にやる役者がいないからって言うんですけどね、僕の演技見たこともないのに、なぜか完全にできると思い込んでた（笑）。もしこのときやってたら、ずいぶん変なことになってたと思います。下手だったと思います。ですから、このときお断りしてよかったんだけれども、実際に当時は、もう小説だけで手いっぱいで、とてもお芝居の稽古をしてる時間もなかったわけです。「三月ウサギ」の主役は僕の代わりに北村総一朗がやってくれまして、これが名演技でとても面白い舞台になりました。

――確か紀伊國屋ホールだったと思いますが、私も見に行きました。まだ中学生でしたから、自分で芝居のチケットを買うのはもちろん初めてで。

筒井　ああ、そうですか。

――これがものすごく面白かったんです、筒井さんの戯曲は本で読んでも面白いんだけど、実際に舞台を見ると、さらに面白い。恐ろしい作品だなと思いました。

筒井　ありがとう。

――お芝居は上演のタイミングが合わないと見られないですけど、本はいつでも読めますので、ぜひ《筒井康隆全戯曲》を読んでいただきたいなと思います（笑）。実はコレクションに戯曲の巻を作ろうと考えていたのですが、二巻分を充てても入り切らないし、中途半端に入れるくらいならと思って外したんです。そうしたら復刊ドットコムさんからお話をいただきまして。だからコレクションの姉妹篇のつもりで編集しました。「12人の浮かれる男」は《全戯曲》の方に戯曲が入って、今日お配りしたコレクションに小説版が入っています。

筒井　それは、素晴らしい。

■『ジーザス・クライスト・トリックスター』と筒井康隆大一座

筒井　「12人の浮かれる男」と同じぐらいかな、「将軍が目醒めた時」というのがある。これも小説にして書いてますね。

――蘆原将軍の。小説が七一年、戯曲が七六年です。

筒井　小説は〈小説現代〉に載せたと思いますが、これも本来は戯曲にすべき作品でした。書いているときから、そう思っていた。それで後に芝居に書き改めたわけです。これは戯曲としては、どこにも載っていないのかな？

――〈劇場〉という雑誌に載っています。

筒井　ああ、そうですか。A&Pって言ったかな？　演出家の川和孝さんが、これは「スタア」から何から僕の戯曲を全部やってくださった。

――はい、『12人の浮かれる男』の新潮文庫版の解説を書かれてらっしゃる。

筒井　そうでした。『12人の浮かれる男』を何度も取り上げてくれて、これで全国巡業もなさった。

――「ジーザス・クライスト・トリックスター」は、八一年に〈海〉に発表されてるんですが、これは最初からご自分で主演しようと思われていたんですか？

筒井　いや、そのために書いたんじゃないですね。書いて発表した後に、ツルモトルームというところの〈アナログ〉？

――〈スターログ〉です。

筒井　〈スターログ〉だった（笑）。その雑誌をやってたツルモトルームの鶴本社長からラフォーレ原宿、今でもありますが、そこでこけら落としをやるから何かやってくれって頼まれたんです。で、ちょうど書いたばかりの戯曲があるから、それをやろうと。まあ、「ジーザス・クライスト・トリックスター」、これなら自分でもなんとかできるし、他にやる人もいないだろうっていうんで、やはり川和さんの演出でやりました。

――〈スターログ〉の方では「筒井康隆㊙写真館」という企画が二号連続で載りました。

貴重な写真なので、今日はロビーに拡大したものを貼り出してあります。

筒井　ああ、あれ僕持ってないんですよね（笑）。もらえませんか。

――Live Wire の井田さんのコレクションなので。

井田　大丈夫です。差し上げます。

筒井　あれは写真としては、あまりいいものじゃないですね。茶色に焼いてあって。

――そうですね、古い写真はセピア色の印刷でした。筒井さんのご自宅で書棚なんかを撮影したカラーグラビアもあります。自著を全部並べてる写真とか。

筒井　ああ、思い出しました。あれはたいした写真じゃないですね（笑）。じゃあいただかなくて結構です！

（場内爆笑）

〈スターログ〉1981年９月号

――ツルモトルームからは「ジーザス・クライスト・トリックスター」の舞台写真をマンガ風に配置した本が出ています。アニメでいうフィルムブックと同じような感じですね。台詞が吹き出しの中に書いてあって舞台をマンガのように読めるわけです。この本を解体してスキャンして《全戯曲》の二巻にそのまま入れました。

「ジーザス・クライスト・トリックスター」は舞台を録音したカセット・ブックも出てまして、カセットはさすがに付けられなかったんですが、付録に付いていた舞台写真の写真集も全部ばらして入れました。

筒井　おー。すごいね。

——第二巻以降も、いろんな付録を考えていますので、ぜひ読んでいただきたいと思います。

■日本SF大賞と奇想天外SF新人賞

——八〇年前後のSF作家の動向についておうかがいしたいのですが。八〇年に創設された日本SF大賞は筒井さんの発案で……。
筒井　いや、発案っていうか、そのときはですね、大江健三郎さんの『同時代ゲーム』っていう本が出まして。これを読んでぶっ飛んだんですね。これはすごいなと思って。で、そしたら、次々と批評が出るんだけど、悪い批評ばっかりなんだよね。僕もそれ読んでなるほどと思ったんだけど、たいていの人が最初の第一章でもう投げてしまう。確かに第一章は分かりにくいんです。だけど第二章以後は、もうものすごく面白いんですね。こんなに面白いのに、なぜこんなに評判が悪いのかと思って腹が立ってね。で、なんとかこの作品をショーアップする方法はないかと考えて、そうだ、これに賞を差し上げようと。日本SF大賞というのを作って差し上げたら、ちょっとは評価が変わるだろうと思いついた。で、私そのころSF作家クラブの事務局長をやってたので、すぐ会長の小松さんのところへ行って、実はこういうすごい作品があると。なんとかこれに賞をあげたいと。ついては日本SF大賞というものを創設して、第一回目の賞をこの作品にやってほしいと小松さんに言ったんですけどね。小松さんは、その大江健三郎とか『同時代ゲーム』とかいうのが全然耳に入ってきてないんです（笑）。日本SF大賞というのだけが頭にある。

（場内爆笑）

筒井　「それ作ろう、それ作ろう」って（笑）。で、すぐ徳間の社長のところへ行って、談判して、賞を作れと。で、できたんだけれども、僕の『同時代ゲーム』云々はどっかへ行っちゃったんだよね。もちろん私も事務局長ですから、選考委員の一人だったんですがね、『同時代ゲーム』をいくら推しても、小松さんは大反対。あのときは星さんもいたし、あと二、三人いたんじゃないかと思いますけれども、みなに反対されまして。第一回目の受賞が堀晃の『太陽風交点』になりました。やっぱり『同時代ゲーム』にしときゃよかったのに（笑）。『太陽風交点』はみなさんご存知のえらい騒ぎで、もうSF作家クラブの分裂騒ぎみたいなことになってしまった。ついには裁判沙汰にまでなりまして。堀ちゃん、かわいそうに法廷に立たされるという。そのときの原告側が後で栗本薫の亭主になった今岡清さんね。まあ、堀ちゃんが勝訴してよかったんですけどね。

――SF大賞は、その後もいろいろとあるのですが、第一回の波瀾が大きすぎて、さすがにこれを超えるものはないです。

筒井　その次の年はですね、僕は今度は『同時代ゲーム』がダメならということで、井上ひさしの『吉里吉里人』を推しました。そしたら、小松さんは『同時代ゲーム』のときのことが頭にあったのか、「これはまあ、いいだろう」と（笑）。それが第二回目の受賞作になりました。

――SF大賞は小説だけじゃなくて、マンガとか映画とか評論とか、いろんなものをぜんぶ並列に対象にするという変わった賞でした。どうしてそういう基準になったのでしょうか？

筒井　えっと、事務局長を辞めたあとでも僕は確かずっと選考委員やってたはずなのですが、『吉里吉里人』に大賞やったあとは、もうなんかどうでもいいような（笑）。確か四回目がマンガだったような気がします。

――そうです。大友克洋さんの『童夢』。

筒井　『童夢』ね。『童夢』が四回目。三回目は何でしたっけ？

――三回目は山田正紀さんの『最後の敵』ですね。

筒井　そのころから、SF第二世代？

——SF第二世代はもっと前です。十年くらい前。そのへんだと第三世代の人たちが活躍をはじめたころです。

筒井　ああそうですか。その前に第二世代の登場があるんだけど、最初は田中光二か。あれは……何の地平線だっけ？　『幻覚の地平線』。あれはびっくりしましたね。すごいと思った。こう言っちゃ悪いけど、結局その第一作が彼の代表作みたいな形になりましたね。それからすぐに山田正紀が出てくる。これもすごかったですね。こいつは天才じゃないかなと。それからあとは……。

——川又（千秋）さん、かんべさん。

筒井　そうそう。かんべむさしは最初は何だっけ？

——「決戦・日本シリーズ」です。

筒井　そうだそうだ。ハヤカワSFコンテストで、僕も推したんですけどね。あのときは星さんも小松さんもいたしね。石川さんも、もちろん福島さんもいて。で、わあわあやって。「決戦・日本シリーズ」はああいうドタバタだから、福島さんはあまりお気に召さなかったようですけどね。選考会が終わって、何階だったかな、全員エレベーター乗ったら、福島さんだけ乗り遅れちゃったの。ドアが閉まるなり、星さんが福島さんの悪口言いはじめて。

（場内爆笑）

筒井　ドアが閉まるなり、乗り遅れたものの悪口をいうのはＳＦ作家クラブの伝統だと。それから伝統になっちゃった（笑）。

――コメントしづらい感じです（笑）。

筒井　えーっと、新井素子は第二世代ではないの？

――新井さんから第三世代です。

筒井　第三世代のどこくらいですか。あのときは曽根忠穂かな？〈奇想天外〉をやってた曽根忠穂が、ＳＦ新人賞……名前なんだっけ？

――奇想天外ＳＦ新人賞です。

筒井　このときは僕と星さんと小松さんと三人だけで選考やったんですけど。星さんがこの新井素子の「あたしの中の……」に本当に入れあげちゃって。僕と小松さんは、もう大反対。なんだこのタイトルは！　って（笑）。でも星さんが、こんなもん他にないもんなあって言うんですよね。そりゃまあ、ないよって（笑）。だから、星さんにしてみれば、ああいう文体っていうのは、やっぱり自分に近いと思ったんじゃないかなあと。僕も小松さんもどっちかといえば、自然主義リアリズムでもって小説の基礎をやってきて、ずっとそれを読んできてる人間だから、これは全然文章がなってないということで、わあわあ言い合って。結局、星さんに押し切られちゃった（笑）。まあしかたないよね、お殿様だもんね（笑）。

――あの座談会はもう白熱というか、ものすごい盛りあがってます。

筒井　ときどき読みますけど、やっぱり面白い（笑）。

――星さんも「受賞しなくても、僕が推したことだけ記録にとどめてくれれば、それでいい」と（笑）。

筒井　『ＳＦ作家オモロ大放談』っていうのがあるけど、あれはなんで入らなかったのかな？

――あの本は〈いんなあとりっぷ〉に載った座談会を中心にしたものなので〈奇想天外〉のものは対象外だったようですね。新井さんのデビューは七八年。その翌年には〈奇想天外〉と〈ＳＦマガジン〉の両方で新人賞がありました。その後の数年間で、夢枕獏さん、谷甲州さん、神林長平さん、大原まり子さんと、第三世代の人たちが次々と出てきて、ＳＦ界もかなり世代交代というか。

『ＳＦ作家オモロ大放談』
（いんなあとりっぷ社、1976）

筒井　よかったですねえ。

――本当によかったです（笑）。

筒井　ずっと〈ＳＦマガジン〉だけだっ

たのが、SF雑誌だけで〈奇想天外〉は出るわ、〈SFアドベンチャー〉は出るわ、〈SF宝石〉なんてのも。

――大森望さんと一緒に創元SF新人賞っていうのを七年前からやってますけれども、すぐに早川さんもSFコンテストを再開してくれて。ここ四、五年、新人が次々と出てきてる。有力な新人が出てくると、ジャンル全体が盛り上がるっていうところはありますね。

筒井　やっぱり新人賞がないと新人は出てこないからね。

――だいたいこれで七〇年代の話はとりあえず一段落ということで。後半は八〇年代に入って、《筒井康隆全集》のお話などをうかがいたいと思います。よろしくお願いいたします。

筒井　それじゃ煙草を一服！（笑）。

（場内拍手）

＃6
『虚人たち』『虚航船団』の時代（後篇）

■『美藝公』と『不良少年の映画史』

――それでは後半よろしくお願いいたします。八〇年代に入っての作品をお伺いしたいのですが、八一年に『美藝公』が出ています。枚数は少ないんですが、テーマソングの楽譜が入っていたり、作中に登場する映画のポスターが入っていたりと、非常に凝った長篇でした。

筒井　これは確か〈GORO〉という大判の雑誌で、大きな挿絵を入れたいということで、あれは編集者は大沢くんといったかな、彼といろいろ打ち合わせをして、これは映画の話がいいだろうと。あの古き良き時代の映画界のことを書くつもりだったので、連載の一回に一枚という割合で映画のポスターを入れたら、大きな挿絵になるじゃないかと。まあ、最後にどんでん返しめいた現実否定が、ちょっとあるんですけど、だいたいは昔の古き良き時代の映画界のことです。じゃあその挿絵はっていうと、これはやはり横尾忠則だろうということで、横尾さんをまじえていろいろ打ち合わせをしたんですね。で、原稿ができるたびに、横尾さんに渡して、横尾さんはそれに則して映画のポスターを描いてくださったんですけども。

――作品中に出てくる架空の映画のポスターですね。

筒井　外国の読者が、あれを架空の映画と思わなくてですね、「映画そのものはどこで見られるか？」と訊いてきたことがありました（笑）。横尾さんは、しばらくしてからハッと気がついたらしくて、「筒井さんは僕の昔の作風を頭に置かれていたんじゃないですか」と。確かに、そのころ、横尾さんの絵、変わってきてたんですね。だから昔の作風といえば確かにその通りなんだけど、でも、もうあなたの思う通りに描いてくれればいいって言ったんです。で、小説のだいたい前半三分の二ぐらいをやってもらって。そのあと、現実の世界と空想の世界とが交錯する部分がありまして。その部分は一挙に文章だけで書きました。単行本は文藝春秋が出してくれたんですけれども、これがえらい大判の本だったもんだから、担当編集の松浦さんがなんとか売れるようにっていろいろ工夫してくださって、サイン会なんかもやりました。横尾さんと二人で神戸でもやったし、東京のデパートの屋上でもやりました。屋上プールだったかな？　あの時は雨が降ってたんですけど、まあ、そんなこともありました。

――ちょうど、少し前から『不良少年の映画史』というエッセイが連載されているので、それとの関連というか、そこから着想が生まれたのかなという気もするのですが。

筒井　そうですね。『不良少年の映画史』を書くために、昔から戦後にいたるまでの〈キネマ旬報〉が欲しくて、〈週刊新潮〉の掲示板に、昔の映画の資料持ってる人がいるか聞いたところですね、戦前の〈キネマ旬報〉を全巻持ってるという人がいた。その人はひまさえあれば〈キネマ旬報〉を買い集めて、だから、当然重複してる巻もあるわけですね。で、完全に揃ってるセットは自分用に取っておいて、残りのやつを全部僕のところへ売りますと言ってきたんですね。それでも欠号はそんなになかったですよ。

『美藝公』（文藝春秋、1981）

『不良少年の映画史 PART1』（文藝春秋、1979）

――そんなにダブらせてたんですか（笑）。

筒井　えーっと七冊か八冊ぐらいが欠号でした。そして同じ号が二冊あったというのも、何十冊か（笑）。百万だったか二百万だったかで買ったのかな。まだ家にありますけど、今ならもっとしますよ。売る気はないですけどね（笑）。そのあと戦後の号も欲しくなって、神田の古本屋街を見に行った。演劇映画の専門書店がありますから。

――矢口書店ですね。

筒井　あそこに、戦後の〈キネマ旬報〉がひとかたまりにドカーンと置いてあるのを見つけまして。うわあああって買いました。それで、まあ全部そろったと。そういう雑誌をいろいろ見ているとですね、昔の映画は、あらすじを読むだけで物凄く面白い。洒落たタイトルはあるし、いい役者出てるしね。といっても、もうその頃はみんな死んでる（笑）。でも僕は覚えてるんです、古い映画観てますからね。なんで今、こういうのが再評価されないのかなっていう思いがあったです。アメリカ映画なんか特にね。僕の見る限り、B級映画の中に素晴らしいものがある。今のB級映画とえらい違いですね。もう脚本もがっちりしてるし、役者はみんなうまいし。なんでこんなのB級映画として片づけられて埋もれてしまうのか、それが残念でしたね。その思いがずっとあって、それが『不良少年の映画史』と、そして『美藝公』にもなったんです。

――『美藝公』は、前半の映画がメイン産業になってる世界のパートを読んでると、本当にユートピアのようで、こういう世界で生活したいなと思うんですけども。後半読むと、ショックで大変なことになってしまうんですね。

筒井　前半は「蒲田行進曲」の世界ですね、完全に。

――『美藝公』は一回だけミリオン出版というところから、ちょっと小型の復刻版が出ているのですが、文春文庫だと文章と楽譜しか入っていないので、非常にもったいない。今度のコレクションには、横尾さんのポスターの絵を全部カラーで入れて収録することになりましたので、ご期待ください。『美藝公』、非常に面白い作品ですので、収録できてうれしいです。

筒井　『美藝公』の大型本は今でもアマゾンでちらりほらりと出てくるみたいですね。

■《筒井康隆全集》と『虚航船団』

――八二年の単行本は戯曲集の『ジーザス・クライスト・トリックスター』だけで、これは先ほどおうかがいしましたので、次は八三年ですね、この年から新潮社の《筒井康隆全集》がスタートしています。ふつう全集というのはキャリアの終わりに差しかかった老大家とか、物故作家の作品をまとめるもので、現役バリバリの作家の全集が出るのは、なかなか珍しいことだったと思います。それだけ人気があったということだと思いますが。この全集の話が最初に新潮社からきたときには、どういう感じだったんですか。

筒井　まだ年は若かったんだけど、それまでに、だいぶたくさん書いてましたからね。この先どこまで書けるか分からないし、人気もいつまで続くやら分からないので、じゃあ出せるうちに出そうかということで。あれはだから、付録はやたらと付けましたね。なんだっけな、短篇を……。

――「最悪の接触（ワースト・コンタクト）」の原稿ですね。

筒井　生原稿をコピーして、それを付けたりですね。完結巻にレコードを付けたりした。で、こんなにたくさんわあわあ付けたら、売れるのは当たり前だなんて金井美恵子が怒ってたりなんかして（笑）。あれは全集としては新潮社はじまって以来だそうです、あんなに売れたのは。今はめちゃくちゃ値段下がってますけど（笑）。一冊百円とかそんなんですけど。

――さすがに百円では買えないと思いますけど（笑）。

筒井　ゼロ円っていうのもある。アマゾンで。

（場内爆笑）

――当時の定価が一冊一五〇〇円。中学生の僕でも、ちょっと頑張れば買えた値段で、毎月楽しみに買っていました。これ、各巻に単行本未収録作品が入ってるので読む方はうれしいですが、編集されるのは大変だったんじゃないかと思いますが。

筒井　未収録作品？　あ、それはわざと単行本に入れなかったものだから、自分ではそんなに執着が（笑）。

――あまり気に入ってないと（笑）。

筒井　だから僕のファンの誰や彼やが探してくれたんでしょう。そういう意味では苦労はありませんでしたね。

――当然収録してる作品の多くは他社の文庫で生きていたと思うのですが、入れないでくれと言ってきたところはありましたか。

筒井　それはないですね。

――もう、全集だからしょうがないと。

『虚航船団』（新潮社、1984）

筒井　今はどうか知らないですけど、あのころは全集に入れるんだと言えば、どこの出版社もみんな諦めた（笑）。

――全二十四巻だからまる二年間、毎月出ましたが、さすがにその間はなかなか新刊が出ませんでした。唯一の例外が大長篇『虚航船団』で、これは新潮社の《純文学書下ろし特別作品》という普通はエンターテインメント作家は入らない叢書から出ました。

筒井　これは全部で一千枚の作品でしたけれども、書くのにやっぱり二年ぐらいかかってますね。その間まったく他の作品は書かないで。一つだけ覚えてるのは、どうしても欲しいっていうんで、「東京幻視」という短篇を〈小説新潮〉かどっかに載っけました。

――「東京幻視」は〈新潮〉ですね。

筒井　あとは『虚航船団』にかかりきりでした。書下しですから、前の方に手を加えたりなんかして。そしてまあ、自分としては集大成のつもりだったんですが、これがもう出版されるなり、毀誉褒貶の嵐で（笑）。貶された方が多かったかな。一番最初に貶したのが〈週刊文春〉の書評欄で、栗本慎一郎がボロンチョにこきおろした。もっとこういうギャグを入れたらよかったのに、なんて二つ三つギャグ書いてるんだけど、つまんないんだよ（笑）。そういうものを入れないで爆笑させようとしてるわけだから。そのへん分からなかったみたいですね。で、栗本慎一郎が悪口言ったから、他の人も、ああ悪口言ってもいいんだと思ったらしくて、もう大変でしたね。

――そうだったんですか。

筒井　小松さんなんかは褒めてくれましたね。ものすごく喜んで。あれを映画にしたいなんて（笑）。銀座の眉っていうクラブで飲んでるときだったかな、「映画化権よこせ」って手出すんです（笑）。映画化権っていうのは、手にのせるようなもんじゃないんだから

（笑）。あとは、あまりにも貶されるもんだから、あるパーティで星さんに泣きごとを言ったんですよ、「評判が悪い」と。「じゃあ俺、何か書こうか」と言って、〈野性時代〉だったかな、『虚航船団』について六ページぐらいの長篇評論を書いてくださった。あれはありがたかったですね。僕もあまりにも悪口言われるもんだから、やはり『同時代ゲーム』のことを思い出すんですよ（笑）。だから僕がそのときに思ってたことをね、『虚航船団』を自分で批評して。まあ、失敗作であることは認めると。しかしそれさえ度外視すれば成功であると（笑）。そしたらそれをね、なんでか知らないけど大江さんが、『同時代ゲーム』のこと思い出したのかな。感激しちゃって。「あのフレーズよこせ」って言うんだよ（笑）。

――筒井さんとしてはその時期、『虚航船団』に二年間かけられたということで、作家としてのフィールドが変わるというような意識はありましたか？

筒井　それはもう『虚航船団』のときはすでに変わったあとという認識でしたね。『虚人たち』で、だいたいやりたいことやってしまったし。

――リアルタイムで読んでいた側からすると、『虚人たち』でようやく実験小説方面に本格的に足を踏み出されたイメージだったのですが、もうやりたいことをやってしまっていたとは驚きです。

筒井　いや、それはまだまだこのあといっぱい作品が出るわけですから。真っ先にやりたかったことをという意味ですよ（笑）。

――なるほど。この後の実験小説路線の先鋭化ぶりは、見ていて本当にスリリングでした。

筒井　『虚航船団』にしても『虚人たち』にしても、出たときにはあまり評価されなかったけれども、今ごろになって褒めてくれる人が（笑）。『虚航船団』は一度も絶版になっていないんですね。今でも新潮文庫で出てる。

――はい、ずっと出ています。

筒井　なんかブログで、「萌え絵で読む虚航船団」って（笑）。あれはかわいらしくていいね。

――文房具を擬人化してマンガにしている人がいます（笑）。

筒井　あの糊なんてのはいいですね（笑）。そんなんでいまだにね、アマゾンでちらほら評判を見かけたりして、やっぱり、買ってる人は買ってるんだなってことが分かる。

――コレクションの第一巻に入れた『幻想の未来』も、連載のときには評判が悪かったとおっしゃるんですが、後から接する読者からみると、こんなに面白いものはないと思います。

筒井　『幻想の未来』っていうのはもう、大昔のことなんだけど、よくまあこんなもん書いたなって自分でもあきれかえるようなね。だからコレクションの最初の方に入ってるやつ、みんなそのとき自分が何考えて書いたかまったく分からないものばかり（笑）。『48

億の妄想』にしろ、『幻想の未来』にしろ、もう参りましたというしかない（笑）。

――四十年前、五十年前の作品が今読んでもこんなに面白いというのは、すごいことです。

筒井　ありがたいことですね。まあ、結局そのときは貶された方が、後々いいのかなっていう気がしますね（笑）。

――やはり同時代の批評は、それほどあてにならないということがよく分かります。

筒井　あの、今『モナドの領域』が評判悪い（笑）。

――リアルタイムだと、批評する人の中にはちゃんと読めない人も含まれてしまうので、仕方ない面がありますね。文庫になって長く読まれていくうちに、評価も定まっていくと思います。

筒井　だといいんですが。

――本来であればコレクションに入れたような作品も、各社の文庫で売れ続けてしかるべきだと思うのですが、現在は文庫も刊行点数が多すぎて品切れになるサイクルがどんどん早くなってしまっています。そこでコレクションのような形で、良い作品を少しでも復活させようと頑張っております。皆さま、ぜひ宣伝にご協力ください。

筒井　なんか今日三冊買って帰るって言ってた人いたぞ（笑）。

■文学賞の選考について

――八四年、『虚航船団』が出た年にですね、SF作家クラブの会長に就任されています。これは事務局長から会長に？

筒井　そう。もう自動的に。

――会長になられて何か改革しようみたいなことあったんでしょうか。

筒井　いや、別に何もしませんでした（笑）。僕は小松さんが会長になったときに、事務局長を眉村さんから引き継いだんです。で、僕が会長になると、事務局長を豊田くんがやってくれた。だいたい豊田くんがセッティングしてくれるんですね。あちこち旅行ったりね。

――事務局長が本当に大変だっていうのは、傍で見ていて思うんですけれども。

筒井　最初は会長は不在で事務局長を大伴昌司がやってた。

――そうです。最初のうちは会長はいませんでした。クラブが出来て十年以上経ってから星さんが会長になりました。

筒井　会長ができても、やっぱりトモさん（大伴昌司）が事務局長だったのかな。

――その時には高齋正さんで、次が眉村さんです。

筒井　トモさんは事務局長としては最高でした。なんか、あの時代が一番活発でしたね。例の原子力研究所の見学とか（笑）。いろいろ逸話がいっぱいあるんです。出雲大社で星さんが大声で「神は幾万ありとても」って大きな声で言って、小松さんが慌てて止めたって（笑）。今じゃ、その後の歌詞を知ってる人がいないから、大丈夫ですよね。「すべて烏合の勢なるぞ」と続くんですが。

――星さんがそれをやると、小松さんが止める側なんですね（笑）。

筒井　そうですね。近くに人がたくさんいても、星さんおかまいなしですから（笑）。

――SF大賞のお話を、もうちょっとおうかがいしたいのですが。当初は候補作を公表しないという方針でスタートしましたね。

筒井　いやあ、覚えてないです。今どうなってるんですか。

――今は公表してます。

筒井　ああ、そうですか。

――筒井さんが直木賞に何度も何度もノミネートはされるけど、落ちて嫌な思いをしたので、候補者にそういう期待をさせたくないからっていう話を聞きました。

筒井　ああ、それはあったかもしれませんね。ただ、ちょっとニュアンスは違ってて、作家はどんな新人であれ一国一城の主なんだから、その作品をいろいろとあげつらうのは、やっぱり失礼だと言ったことは覚えてます。

――選評を読んだり授賞式のスピーチを聞くと、あれが候補になっていたのかな、みたいな情報は多少は漏れてきます。

筒井　それはそうだろうね。

――二十年近くたってから、候補作を公開する方式に変えたんですが、徳間の〈ＳＦアドベンチャー〉の編集長だった石井さんのお話では、「ＳＦ長篇を書いたけど、候補になったかどうかも分からないのは寂しい」みたいなことをおっしゃった方がおられたそうです。

筒井　今は谷崎潤一郎賞がやっぱり候補作は絶対発表しない。

――あ、そうですか。

筒井　つまり、候補作は大家の作品ばっかりだから。ただ自分が反対した作品が受賞した場合ですね、選後評を書くのが大変なんだ（笑）。結構な枚数があるから、どう埋めたらいいか分からない。

――推した作品は明かせないし、受賞作は反対したものですからね。

筒井　そうなんです。僕は一度だけ、自分が熱烈に推したんだけども、受賞しなかった作品のことを取り上げて書いたことあるんですけど。久世光彦さんの作品でした、非常にいい作品だと僕は思ったけど賛成する人がいなくって。で、あとで久世さんから恨まれました（笑）。

――筒井さんは推したんですよね。

筒井　まあ、推したんだからいいだろうと思って、書いたんですけれども、やはり落ちたわけだから。僕が推したこと自体は喜んでくれましたけどね。

■『イリヤ・ムウロメツ』と『旅のラゴス』、そして『朝のガスパール』

――八三年から〈ショートショートランド〉に掲載された『イリヤ・ムウロメツ』は、本になるときに手塚治虫さんのイラストが入るはずだったのが、なかなか上がらないので刊行が延び延びになったと聞いてるんですが（笑）。

筒井　あれは小説が完成してから手塚さんのところに持ち込んで。というか、あれはむしろ手塚さんの方からですね、「描きたい」とおっしゃったんですけどね。まあ、もちろんこちらから正式にお願いはしたんだけれども。「どんなに忙しくても、とにかくこれは描く」と言ってくださった。手塚さんは謝花凡太郎がイリヤ・ムウロメツを描いた『勇士イリヤ』という古い単行本をお持ちだったんですよ。僕もそれは懐かしい。「書いた原点はそれなんです」って。

――貸本屋の漫画ですか。

筒井　貸本じゃないですね。ナカムラ漫画といって、中村書店からいろんな人が描い

『イリヤ・ムウロメツ』（講談社、1985）

たシリーズが出ていたんです。僕はその漫画が好きで、それでイリヤ・ムウロメッツのことを調べ出したんだけども、いろんな資料は買えても、漫画そのものが、どうしても手に入らなかったんです。それを手塚さんが持ってらして、モノクロだったけどコピーして送ってくださった。それで、なおさらやる気を起こして書き上げたんだけど、手塚さんがそれからなかなか描いてくださらなくて（笑）。もう手塚さんの事務所のことはみなさんよくご存知だと思うけども、編集者がびっしり詰めていて、順番があるんですね。私の担当の小島香さん、彼が通ってましたけど、なかなかいただけなくて。向こうは手塚さんを急かすベテランの漫画編集者ばっかりだから。その中へ小説雑誌の編集者が行ってもなかなかね（笑）。ずっと先送りにされて。結局二年くらい。

——連載が終わってから、本になるまで一年半かかってますね。

筒井　そんなもんですか。

——『イリヤ・ムウロメッツ』はコレクションの第七巻に入れる予定なんですけれども、手塚さんの絵が使えるかどうかは手塚プロとの交渉次第なので、ダメだったらすみません。

（日下注：その後、手塚プロのご厚意ですべてのイラストを収録させていただくことができた）

筒井　『イリヤ・ムウロメッツ』っていうのは、ロシアのブィリーナという叙事詩に出てくる英雄です。イリヤ・ムウロメッツはウクライナのキエフですか、そこの王様に仕えたんですね。そのロシアの大地っていうのが、ブィリーナの中に出てくる。それを、自分の足で確かめたくて。モスクワから車でウクライナまで行きまして。そこからキエフの街まで行ってピロシキなんかを食べたりして。ちょっと南のほうに行くと草原があるんですね。そこを歩きまわったりなんかして。で、今考えたら、チェルノブイリのすぐ近く。そのときはまだチェルノブイリ出来てなくて、原子炉建てようかという話だけは持ちあがっていたらしいですね。そういうことまったく知らなくて。だから、あのときに会った人たちどうしてるかなって思いますよ。

――心配ですね。『イリヤ・ムウロメッツ』の連載の後半に重なるようにして〈SFアドベンチャー〉で『旅のラゴス』という長篇が始まっています。長篇というより連作短篇ですね。『イリヤ・ムウロメッツ』は元の寓話があって書かれてますけど、『旅のラゴス』は筒井さんの創作による神話のような感じがするんですが。

筒井　あれはですね、僕の担当者が菅原善雄さんでした。とにかくこのころは何書いてもよくて。

――〈問題小説〉からずっと担当されていた。

筒井　そうです。あれの第一話「集団転移」は短篇のつもりだったんです。書き上げて掲載してもらってから、その次の話がまた湧いてきましてね、これなら連作になるなと。それで『旅のラゴス』というタイトルを決めて、連作にしてもらって、第二話以降をずっと書きつづけた。

——なんと、第一話は単発のつもりで。

筒井　読切のつもりだから、なんていうかな、あまり本気じゃない短篇だったんです(笑)。まあ大人しい文体でね、サッと書いたんですけど。連作になると、そんなに文体変えるわけにいかんから、第一話と同じ文体でずっと書きつづけて。

——『旅のラゴス』は読んでるとびっくりするんですが、タイムスパンが非常に長くてですね、え、こんなに時間経っちゃうの?! と思います。ラストには、またSFとしても意外な結末が用意されていて素晴らしい作品です。『旅のラゴス』は、ずっと売れてますよね。

筒井　いや、ずっとじゃないですよ。出版当初はあまり売れなかった。

——やっぱりそのパターン(笑)。

筒井　僕の場合、長篇より短篇集の方が売れるという傾向がありましてね。で、今まで一番多かったのは初版部数十八万部っていうのがあります。『宇宙衞生博覧會』の時。

——十八万?!　今となっては夢のような数字です。

筒井　その当時としては、だからあまり売れたような記憶はないんですけれども。

——『旅のラゴス』は一回、徳間文庫に入って、絶版になって、そのあと新潮文庫に入りました。

筒井　それはやっぱり売れなかったから。

——新潮文庫では、ずっとロングセラーになってますね。

筒井　いや、おとしあたりから突然売れはじめた。

——『旅のラゴス』に関しては、鏡明さんがSF大賞選考の締め切りぎりぎりに出たので、読むのが間に合わなくて、選考が終わってから読んで、ものすごく後悔したという話を聞きました。

筒井　あの、割りとそんなのが多いんですよね（笑）。SF大賞は『朝のガスパール』でもらったんだけど、あれ一回もらったら、もうもらえないんですよね。

——今後はもらえるようになりました。

筒井　僕はその次の年に『パプリカ』を出したんですよ。そしたらみんな候補にならないと知っていながら、やっぱり我慢できなくて『パプリカ』と書いてくれた人が相当いました（笑）。

——会員の予選投票ですね。

筒井　まあ『朝のガスパール』も相当気合を入れて書いたし、どっちかといえばあれの方が人に迷惑かけてるし（笑）。いっぱいいろんな人に手伝ってもらってね、その人たちをショーアップするためにも、あれは『朝のガスパール』でもらえたのは良かったかなと思うんですけどね。

——『朝のガスパール』も《筒井康隆コレクション》の第七巻に入る予定ですので、ぜひ楽しみにしてください。ものすごく面白いです。

筒井　これは真鍋博さんが熱心に挿絵を描いてくださって。あの方、新聞の挿絵を描くの初めてだったみたい。

――そうだったんですか。

筒井　そうなんだ。あれしかやってないんですよ。だから登場人物をどういうふうに書き分けていいか分からなくて。いちいち聞いてこられるんですよね。

――真鍋さんは真面目ですね（笑）。

筒井　「これはどんな方なんですか？」って、仕方ないから、「これは山口智子」「これは谷啓だ」……その通り描いてくるんだ（場内爆笑）。まあ、ご覧になれば一発でわかります（笑）。

――もちろん新聞連載なので、連載一回につき一枚の挿絵があったんですが、単行本では全部は入れられなかったようで、抜粋されてしまっていました。ただ、あのイラストは作品の一部というか、ストーリーの説明になっているところもありますし、今回のコレクションでは連載時の挿絵を全部入れることになりました。

（場内拍手）

筒井　あれは本になったときにですね、一部分省かれたことが真鍋さん、やっぱり相当悔しかったみたいですね。そのために省かれた絵を一番最後の方に何ページか載せて。それを新潮社に頼んで作ってもらって、ご自分でお持ちになっていました。私も一冊いただきました。

――今回その特装版を息子さんからお借りすることができまして、そこから載せますので。印刷は大変きれいに出ると思います。

筒井　それが次の巻ですか？

――七巻です。次の巻は『美藝公』と『歌と饒舌の戦記』になります。先ほど『パプリカ』の話が出たんですけれども、今日お配りした第五巻に入ってる『フェミニズム殺人事件』に出てくる作家が、いま『パプリカ』っていう作品を連載してるんだ、という場面があります。この作品、『パプリカ』を連載するより、二年か三年前のものなんですが。

筒井　ああ、そうですね。

――『パプリカ』の構想は、そのころからあったのでしょうか。

筒井　あったと思います。

――作中で「婦人雑誌に連載している」とありますが、実際の『パプリカ』も婦人雑誌連載で。

筒井　ああ、じゃあもう話だけはあったのかもしれませんね。あのころはめちゃくちゃでしたよ。とにかく『パプリカ』を連載しながら、一方で『文学部唯野教授』の連載してて。それで『パプリカ』の分と『唯野教授』の分と二つ胃に穴が開いちゃって、入院しましたけれども。

――だいたい一九八四年まではお話をおうかがいしたので、この後の話は次のトークショーに回したいと思います。

筒井　それは七巻が出た時ですよね？

――そうです。

筒井　まあそれまで生きてるかどうか（笑）。

――次は半年後ぐらいですから（笑）。それでは今回も、ありがとうございました。

（場内拍手）

（二〇一六年五月十五日／於・新宿文化センター　小ホール）

＃7
《筒井康隆コレクション》完結記念（前篇）

■『虚人たち』と『夢の木坂分岐点』

──今回はほぼ一年半ぶりなので、皆さんもだいぶ内容がわからなくなっているかもしれませんが、一九八五年くらいからお話を聞いていけければと思います。

筒井　一時期は出版芸術社が倒産するのではということで、途中で打ち切られるのかとヒヤヒヤしたのですけど、無事に最後までできて、皆さん、本当にありがとうございました。

──前回は全集の完結までいきましたので、それ以降の作品について個別にうかがっていきたいと思います。『虚人たち』が突然売れ出して。

筒井　前回は確か『虚人たち』までお話ししたんですけど、その後、カズレーザーという人がテレビで褒めてくださって、突然売れ始めて、増刷になりました。まだお礼は申し上げていないんですけど、この中でどなたかカズレーザーさんとお知り合いの方がいらっしゃったら、お礼を申し上げておいてください（笑）。

――『夢の木坂分岐点』あたりからおうかがいしたいんですが、これはどのような発想で。

筒井　『虚人たち』のあとに書いた作品だと思います。『虚人たち』の評判が良かったものだから、今度は〈新潮〉から連載してくれといわれまして、そのときの担当者が岩波剛という人で、自分の名前をフルネームで言うという珍しい人でした。彼が実験的なものにしてくださってもけっこうですからというので、メタフィクションの集大成のつもりで書いたんです。

――集大成ですか？

筒井　二度めに書いた集大成というのもおかしなものだけど（笑）。それまでメタフィクション、パラフィクションめいたものはあちこちに部分的には書いておりますけど、本格的に書いたのは『虚人たち』だけなんです。そのときに目指していたものは、前にも言いましたが、いままでの小説の技法にいちゃもんをつけてやろう、ということでした。幸い『虚人たち』は泉鏡花賞をいただいたので、『夢の木坂分岐点』はそれとはちょっと違うなにかを狙ってやろうと、まあ、そこまで明確には考えてなかったのだけど、そんな意図がありました。本格的に実験的なことをやったのは、この二つですね。

――『夢の木坂分岐点』は谷崎潤一郎賞を受賞されました。

筒井　『夢の木坂分岐点』は、ひとりの人間のなかにはいろんな人格があって、それを全部活躍させたり、いくつかの人格をごちゃごちゃにしたり、ころころ変遷させたり。そういうモチーフで書いたんです。評判もよかったですね。それまでファンがくれる星雲賞を別にすると、ずっと賞とは無縁だったので、立て続けに二つの賞をもらって自信がつきました。

――筒井さんは八〇年代にはトップクラスの売れっ子で日本ＳＦの第一人者でしたが、それでも文学賞を受賞すると違う感慨があるものですか？

筒井　それはありますよ。谷崎賞をいただいて、パーティがあったりするんですけど、このころからＳＦの連中とだんだん離れていって、世界がちがってきました。ＳＦはＳＦで別に進化していき、私は私で思いついたアイデアを形にするのに夢中でした。

――読者としては、この頃の実験小説ラインも、ＳＦを土台に発展していったものと見ていました。

筒井　それはもちろんその通りなんだけど、作家同士の付き合いはやはり初期のような

『夢の木坂分岐点』（新潮社、1987）

濃密なものではなくなっていきました。そのころにはSF御三家といわれて、よく星さんや小松さんと三人でフェアを組まれたりした。これが星さんは気に入らなかったみたいで、僕に電話してきて、嫌だというんですよ。じゃあ誰がいいんだといったら、北杜夫、遠藤周作、星新一だと。困っちゃってね（笑）。それだと星さんが最後になっちゃう。

――確かにそうですね。

筒井　そんなことをいったら僕だってそのころは、大江健三郎、井上ひさし、筒井康隆にして欲しかったけど、やっぱり僕が最後になってしまう。星さん、やめた方がいいよと説得して、「鶏口となるも牛後となるなかれ」って言うでしょうと言って、なんとかなだめたりしてね。そういうことがあったりして。あまり会わなくなって、離れていきましたね。

――SF作家と疎遠になったといっても、五年後には『朝のガスパール』でSF大賞をとられるわけですから。

筒井　『朝のガスパール』はだいぶあとですね。

――『夢の木坂分岐点』が八七年、『朝のガスパール』が九二年ですよ。

筒井　そんなもんでしたか。もっと間が開いてるように感じていました。

■『歌と饒舌の戦記』と『驚愕の曠野』

——次は『夢の木坂分岐点』とほとんど同時期に出た『歌と饒舌の戦記』です。

筒井　これがありましたね。これは『夢の木坂分岐点』と並行して〈文學界〉に連載したんです。ポストモダン用語をちりばめたドタバタを書いてやろうという意図がありました。

——ソ連が北海道から日本に侵攻してくるという戦記シミュレーション小説でもあります。

筒井　北海道のことは何も知らないので、このときはさすがに取材旅行に行きました。それまでSFだからデタラメばっかり書いていて、取材旅行なんてしたことなかったんだけど（笑）。網走刑務所に行ったり、いろいろと思い出があります。この作品のポストモダン用語を駆使した饒舌は自分でも気に入りまして、考えてみれば、これは『文学部唯野教授』の先駆けみたいなものですね。

——おお、なるほど！

筒井　冒頭の部分のゴルバチョフとレーガン、小説には名前を書いていないんですけど、この二人が会話する部分だけでテレビ番組でドラマになりました。NATO了解のもとにソ連がアメリカに攻め込んできたらどうなるかというテーマでしたね。ゴルバチョフとレーガンのそっくりさんを使って小説の冒頭部分の会話を再現して、こういうことは実際にあり得るのかどうかなんて、スタジオに来ていた評論家に聞いたりして、評論家が「あり得ます」と言ったりして、面白かったですね。

——あらためて読み返すと、帝国ホテルでSF作家クラブの総会をやっているときに、筒井さんが戦地に行かされるシーンがあって、ものすごく面白かったです（笑）。
筒井　SF作家クラブの総会には、私もできるかぎり顔を出していました。花粉症というのが出てきたころ、誰かが花粉症だといって、もう冬だよといったら、いやいや雪の花粉症ですって（笑）。
――いい大人が平気でそういうことを（笑）。
筒井　そうそう、高千穂遙が花粉症でマスクをしていたんですが、マスクをしたまま発言するものだから何を言っているのかわかんなくて、横で堀晃が一生懸命メチャクチャな手話で通訳するということもありました。そういう思い出があったから、あのシーンを書いた。
――僕が入る前だったんですけど、高千穂さんはずっと議長だったんですよね。架空戦記ものがブームになるのが平成になってからなので、『歌と饒舌の戦記』はその意味でも早かったです。
筒井　荒巻さんが戦記もので当てたね。幻想もの、シュルレアリスムものの人だったから驚いた。
――最近、久しぶりに本格的な幻想SF長篇を出されました。次は『驚愕の曠野』。これもまた相当に実験的な作品で。
筒井　これも前からやりたいと思っていたものです。一種のメタフィクションですね。女の先生が話している話の中身が小説になっているという入れ子構造になっているんです。長いこと連絡がなかったんだけど、河出書房の〈文藝〉が季刊になりましたよね。そこになにか書いてくれということで渡しました。中篇だけど、連載するにも短いし、雑誌も季刊だから、一挙掲載しかないなと思って、確か一気に書いたと思います。そのときの編集者は吉田久恭君といって、この人と一緒に作業をしたのは他には文芸時評ですね。これで一冊本ができています。『驚愕の曠野』も評判がよかったし。

――河出だと、大型絵本『イチ、ニのサン！』もその方ですか？

筒井　あれも河出でしたっけ。あの絵本は頭川さんという人に頼まれたものです。挿絵も有名なフランスの漫画家のところに行って断られたりして、最終的にはドイツの作家になりました。

――ミハエル・リューバという人でした。

筒井　吉田君は長いこと音信が絶えていたんだけど、最近連絡がありまして、以前、新潮カセットブックに入れた「誰にもわかるハイデガー」というテープを文章に起こしてくれたんです。これを本に

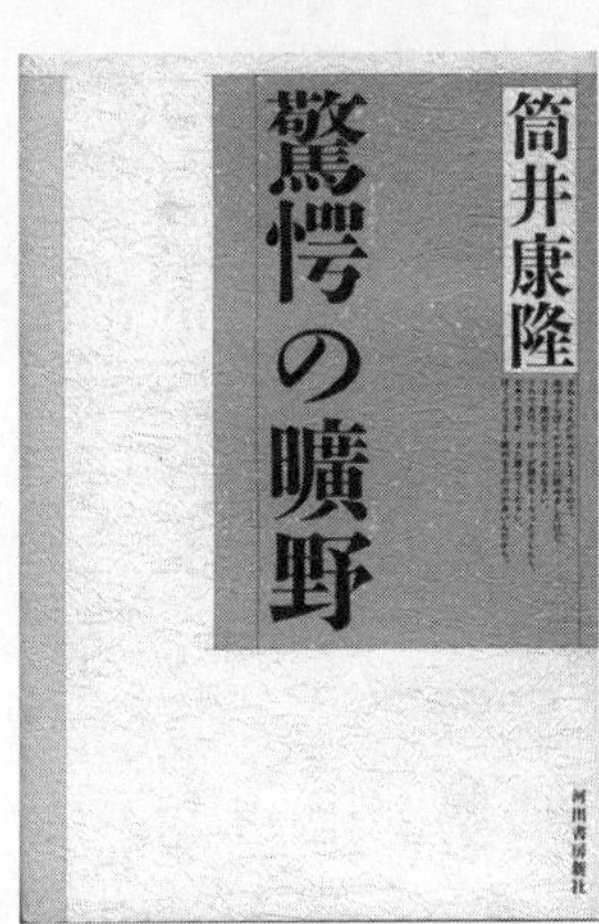

『驚愕の曠野』（河出書房新社、1988）

したいと。で、こないだからぼちぼちとやっているんですけど、ハイデガーをもう一度勉強し直さないといけないので、ひどい目にあってるんですよ（笑）。中身は百枚ちょっとぐらいですかね。大澤真幸氏に解説をいただくことになっているので、これは出ても来年、再来年ぐらいかなあ。（二〇一八年五月に『誰にもわかるハイデガー――文学部唯野教授・最終講義』として河出書房新社から刊行）

■『新日本探偵社報告書控』と『残像に口紅を』

――次は『新日本探偵社報告書控』、コレクションに入れさせていただきました。これもかなり変わった小説ですよね。

筒井　このころは、文芸誌から連載の依頼が多くて、だんだんエンタメの方の雑誌とは離れていったんだけど、これは〈すばる〉でしたね。〈文藝〉〈文學界〉〈新潮〉ときて。講談社からだけは、なぜか依頼がなかった（笑）。

――〈群像〉ですね。

筒井　エンタメなら二つ三つ並行して連載するぐらいのことはできるけど、文芸誌だとちょっとそうはいかなくて、なにかいいアイデアはないかと思っていた時に、筒井敏夫さんという従兄弟のことを思い出しまして。父親の姉の息子で、大阪で日本秘密探偵社の社長をやっていたんです。学生時代にその人のところへときどき遊びに行くと、探偵仲間がいろいろな変わった話をしている。ああいう話を書けたら面白いだろうなと思っていたんだけど、敏夫さんも歳をとって探偵社をたたんじゃった。それで僕が、なにかあのころの話で面白いものを聞かせてくれないかといったら、当時の報告書の控えを綴じたものがいっぱいある。それを全部処分しようと思うんだけど、捨てる前にちょっと見てみるかと言うんだ。ダンボール箱がいっぱい積み重ねてあって、どれもこれも面白いものだから、もう宝の山ですよね。そのなかで特に面白そうなものだけ、ダンボールひと箱ぶんくらいもらって帰ってきて小説にしました。敏夫さんはもう亡くなったけれど、時々わからないことがあったらホテルへ呼び出して一晩話を聞いたりして。

『新日本探偵社報告書控』（集英社、1988）

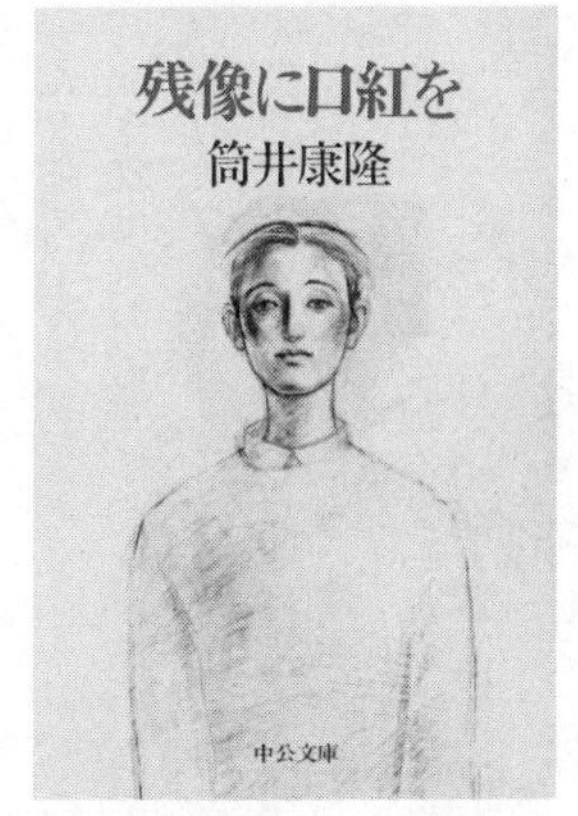

『残像に口紅を』（中央公論社、1989）

——報告書の控えということで、相当に変わった文体です。

筒井　報告書の文章が非常に面白かったので、できればその通りにやりたかったのだけど、さすがにそのままだとわかりづらいので、自分なりにアレンジしています。

——最初は、読みにくいなあ、と思っていたんですけど、三話ぐらいまで読むと事件の方が面白くてやめられなくなってしまうんですよね。

筒井　あの報告書には麻薬的な効果があってですね、ずいぶん読みましたね。

——コレクションには『フェミニズム殺人事件』と一緒にミステリというくくりで収録したんですけど、謎解きものという意味ではありません。次の『残像に口紅を』は、作品世界から言葉が次第に消えていくという実験的な作品ですが。

筒井　これは明らかにジョルジュ・ペレックの影響を受けていますね。といっても、ペレックの小説はそのときにはまだあまり翻訳されていなかったと思います。

——『煙滅』が翻訳されたのは二〇一〇年だから、ずいぶん最近のことですね。

筒井　当時は、フランス語でEの文字を全部省いた小説を書いたやつがいるんだという情報だけがね。これに敵愾心を持ちまして（笑）。日本には文字落としという手法があるんだからやってやろうじゃないかということで、このときに初めてワープロを買いました。井上ひさしはもっと前からだったけど、彼はパソコンですね。パソコンで文章を書く気はなくて、資料をそこに入れるだけだったと思います。ワープロで小説を書いたのはぼくが最初じゃないかと思うんですけど、誰かいたかもしれない。

――都筑道夫さんも、かなり早かったはずです。

筒井　『残像に口紅を』の場合は、どの文字を落としたかわからないといけないので大変でした。最初に「あ」を落としましたけど、「あ」というキーの上に赤い丸を貼りつけて、これは使っちゃいかんと。そのキーを省いて書いていくのだけど、それ以前に、「あ」の音引きがあることを忘れていた。普通なら愛とか、そういったものだけなんだけど、麻雀とかラーメンとかの音引きの「あ」も扱えないと思って、だいぶ気をつけて書くようにしたんです。ゲラの段階で余計なことをつけ加えると、もうおかしくなっちゃう。第一回目を校正の人がみて「ああ」という感嘆詞が出てきてるので飛び上がったそうです（笑）。これは最後になればなるほど大変だから、結末を先に書かないといけないと思って、原稿用紙にして四～五枚分ですかね、先に書いたんです。最後を「ん」にして。最後の四枚分をワープロに打ちこんだら、それが消えてしまった。あわてて打ち直しましたね（笑）。

――新井さんも長篇が半分消えたと言っていました（笑）。

あ、でもワープロを使っている人は当時ほかにもいたんだな、新井素子だ。

筒井　キーをどういうふうにしたのかわからないのだけど、原稿用紙のマス目に入っている字が全部「驚」になっていて驚いたことがあったそうです（笑）。

――エッセイでは『残像に口紅を』を書くときに、キーボードに画びょうを貼ったとありますが。

筒井 あれはギャグですよ（笑）。最後のところをどういうふうにして文字を減らしていくか、その苦労を読者にわかってほしいので、単行本では結末を袋綴じにしたんです。そこまでで面白くなければ、持ってきてくだされば返金しますということを書いてもらったら、金返せといって来る人は一人もいなかった（笑）。

■『フェミニズム殺人事件』と『ロートレック荘事件』

――『フェミニズム殺人事件』は、その次の『文学部唯野教授』とかなり関係があるのではないかと思っていますが。

筒井 ポスト構造主義のつぎにフェミニズム批評がくるということは知っていたんだけど、まだそのころにはしっかりした文学理論はできていないので、それは違いますね。もし『唯野教授』で書くとしたら、フェミニズム批評、マルクス主義批評、そのぐらいですね。でも、理論が確立されていないからね。そのあとテリー・イーグルトンがマルクス主義批評を書いていますけど間に合いませんでした。

――『文学部唯野教授』は文芸批評のパロディですが、岩波書店から出てベストセラーになりました。

筒井　そうだ、『フェミニズム殺人事件』はすぐにテレビドラマ化されましたね。河出書房新社で『欠陥大百科』をつくってくれた龍円正憲君、彼が集英社に移って長篇を書いてくれというので、ミステリでいこうと思って、前からアイデアがあった『フェミニズム殺人事件』を渡しました。これも書下しでしたね。ワープロで凄いスピードで書いた記憶があります。

――〈小説すばる〉では結末だけ載らずに、犯人当ての懸賞になっていました。

筒井　僕は一挙に全部渡しておいたんですけど、彼はそれをとりにきて、食堂にすわって二時間ぐらいで読んでいました。なんで思いついたのかというと、『オリエント急行殺人事件』がありますよね。あれの反対のことをやろうと思ったんです。容疑者全員がよってたかって探偵役を犯人にしてしまうということをやろうと思って、後半は舞台劇のようになっています。自分ではすぐれたものだと思っているんだけど、だれも褒めてくれなくて（笑）。龍円君にはお礼として、洋服の生地を一着分あげたんです。それ

『筒井康隆コレクションV　フェミニズム殺人事件』（出版芸術社、2016）

『ロートレック荘事件』（新潮社、1990）

で背広を仕立てて、次に来たときそれを着てきた。

——龍円さんは河出書房にいたときに広瀬正さんの全集を出された方です。次は『ロートレック荘事件』ですが、これはミステリのオールタイムベストにも入ってくる傑作です。叙述トリックをこの時期に書こうと思われたのは。

筒井　もうずっと昔、中学時代に観た映画があって、ロバート・モンゴメリー監督・主演の「湖中の女」というレイモンド・チャンドラー原作の、これが非常に面白かった。これは一人称の映画、探偵役のモンゴメリーの視線がカメラの視点なんです。女の子にキスするときは、女の子の顔が大写しになったという手法があって、これをもし小説でやってびっくりさせるとしたら、どういうミステリが可能かということを考えたのが『ロートレック荘事件』になったんです。犯人がまさかアレだとは思いませんからね。彼の目線でもって殺人劇をみていって、最後にタネあかしをして、カメラが彼のほうに向いて驚かせるということをやったんです。だから叙述トリックという技法から考えたのではなくて、これは着想が先なんです。

――ちょうど、推理小説のほうで、八七、八八年ぐらいから新本格ミステリという動きが出てきまして、綾辻行人さんや有栖川有栖さん、法月綸太郎さんといった若手が大挙して登場してきたなかで筒井さんが傑作を書かれて、俺が手本をみせてやるぞみたいなものがあったのかな、と思ったんですけど。

筒井　SF以前にはミステリを山ほど読んでいたんだけど、それ以後はほとんど無縁になって、そのあたりの作家はまったく知らなかったんです。だから叙述トリックという技法があるということは知っていたんですけど、まったく読んでいなくて、『ロートレック荘』とは別のアイデアなんだろうと思っていたんです。

――ミステリとして高く評価されました。

筒井　年間ベストで選ばれたり、思わぬ反響がありましたね。

＃8　《筒井康隆コレクション》完結記念　（後篇）

■『朝のガスパール』『パプリカ』と断筆宣言

――次は『朝のガスパール』です。前回にもけっこううかがったんですけど、今回のコレクションに入ったので、また改めて。パソコン通信の意見を取り入れるというのは、ストーリーにはどの程度影響されましたか。

筒井　ほとんど全部ですね。書きながらラストを考えたわけですけど、どこで盛り上げるかとか、最後をどんな幕切れにして泣かせてやろうかとか、そういうことはどうでもよくて、読者の意見でどういう展開になるのかというのを楽しみにしていました。実際、えらい騒ぎになったわけですけど。おかしくなった人が四人、入院した人が一人（笑）。これは朝日新聞の私の担当の大上朝美さんが文庫の解説で非常にくわしく書いてくださったので、それをお読みいただければ。

――大上さんの解説はコレクションにも収録させていただきました。ある種ジャズのアドリブというか、フリージャズ的な感じもしますが。

筒井　それはたまたまそういうふうにできたわけです。ひとついえるのは、あのときに集まってきた連中が非常に優秀だったということですね。めちゃくちゃをやる子はちゃんとめちゃくちゃにやるし、芝居やる子は芝居をやるし。しかも、パソコンという舞台の上でそれぞれの役を演じてくれるわけですね。ああいう才能の集まりはいまはちょっとないんじゃないかな。いまのツイッターはヒドいですね（笑）。

――九〇年ごろのパソコン通信は一部のインテリの娯楽でしたが、インターネットの大衆化が進んで誰でも参加できるようになった結果、かなりおかしな人も（笑）。

筒井　それも面白いんですけどね。私も一度炎上をしましたが（笑）。またあんなことがないかなと思ったんですけど、あいにくツイッター社が僕を毛嫌いしてしまって、なにも載っけてくれないんですよ。どなたか炎上のご用命がありましたら（笑）。

――『朝のガスパール』にはパプリカがゲスト出演していますけど、このときSFミステリ『パプリカ』を連載されていたんですよね。

筒井　そうですね。これは映像化されたりもして、かなり話題になりました。

――最近、絵コンテが復刊ドットコムから出ましたね。今敏さんの映画はどのようにご覧になられましたか。

筒井　非常に安心して観ました。ひとつひとつのシーンに今さんのアイデアがあるので、いちばん最初の箱の中から出てくるシーンは小説にはないですね。そういうのがいっぱいある。今さんとは新宿の喫茶店で話をしていて、その席で、今さんの作品だったらぼくの『パプリカ』をやってくれたらいいんだけどな、と言ったのが始まりで

『今 敏 絵コンテ集　パプリカ』
（復刊ドットコム、2017）

すね。話が進んでいる途中で、『時をかける少女』の細田守監督がやってきて、アニメ化したいと。同じ会社なんですよね。

――マッドハウス。

筒井　順番にやってくださいといったら、いや、監督は別だからというので、並行してやったんですよね。それで、つづけざまに評判になって。『時をかける少女』は賞を総なめにしましたし。

――少し話は戻って、断筆宣言にいたるまでを伺いたいと思います。九三年ごろです。

筒井　『文学部唯野教授』と並行して『パプリカ』を〈マリ・クレール〉に連載していて、

あまりにもしんどいものだから、前篇の終りで半年ほどお休みをいただいたんです。胃に穴が二つ開いちゃった。『文学部唯野教授』も、入院している中でハイデガーとかソシュールを読んでいたので、だいぶ遅れました。断筆宣言はそのあとですね。

――教科書に載った短篇「無人警察」に、てんかん患者への差別に当たる描写があると抗議が来ました。

筒井　「無人警察」を書いたのは、何十年も前ですよね。こっちは忘れていますから。抗議してくるのは患者さんたちの団体だし、教科書に載ったのだから我慢しても良かったんだけど、腹が立ったのは新聞社がコメントを求めていっぱい電話をしてきて、僕は一生懸命弁解して。人の弁解を聞くのは嫌いなんだけど、自分の弁解をするのは大好きなんです（笑）。それが、全然載らないんですよ。向こうの言い分ばかりでね。でも本当に腹が立っていたわけではないんですが、断筆したらすごい騒ぎになってしまった。

――てんかん協会は、昔の小説も全部絶版にしろとずいぶんむちゃくちゃなことを言ってきています。それはさすがにすぐに取り下げていますけれども。このころは際限のない自主規制、言葉狩りという風潮がありました。

筒井　断筆宣言はそれに歯止めをかけたいという意図もありました。

――中野サンプラザで断筆祭というイベントが。

筒井　あれは僕とは関係なしにいろんな人が集まって、お祭り騒ぎでやったんだ。あの時は被害者になった方が面白いと思っていたんだけど、あまりはしゃぎすぎるとマスコミに対して腹を立てているという印象になってしまうので、被害者になれなくなったのがちょっと不満でしたね。でも、原稿が書けなくなったんだぞということを知らしめるためにホリプロに入って役者をやったりしました。まあ、断筆といっても小説を書くのをやめたわけではなくて、発表しなかっただけですからね。短篇がどんどんたまっていって面白かったですよ。断筆を解除したあかつきには、これを〈オール讀物〉にやってとか、そっちを〈文學界〉にやってとか選りどりみどりで渡せると思って、楽しかった（笑）。

――読者として断筆がいずれ解除されるというのはわからない訳ですから、目の前が真っ暗になるような気分でした。どれだけの損失なんだろうかと何年も思っていました。

筒井　読者の方は悲愴になるわけだけど、こっちは面白がっていました（笑）。根本的には、出版社がほっておくわけがないです。書いてくれと言ってくるに決まっているんだけど、そのときにどういう条件を出すかということで、名乗り出てくれたのは文藝春秋と角川書店でしたね。いろいろと相談したり、そういうことがありました。

――断筆中に僕は筒井さんの本を初めてつくらせていただいたんです。出版芸術社にいたときに筒井さんにご連絡して。《ふしぎ文学館》で『座敷ぼっこ』を。

筒井　あれはずいぶん売れてくれました。

――《ふしぎ文学館》はホラーのシリーズなので、「母子像」とか筒井さんの怖いもので一冊つくろうと思っていたんですけど、それはありきたりだから僕の叙情的なものを集めたらいいんじゃないかと言っていただいて、急きょコンセプトをまったく逆に変えて編集させていただきました。とても売れてくれて、僕としても助かりました。といったところで、休憩に入ります。

■断筆解除と『わたしのグランパ』

――断筆中には長篇は書かれていたんですか。

筒井　長篇は書いていません。「邪眼鳥」が中篇で、あれが一番長いぐらいですね。

――最初に出たのが新潮社の『敵』なんですけど、これは解除されてから書かれたものですか。

筒井　そうですね。『わたしのグランパ』とどちらが先でしたっけ。

――本が出たのは『敵』が先です。

筒井　『敵』は書下し作品です。矢野編集長に原稿を渡して読んでもらって、そのあといろいろと相談しながら書いたんです。ちょうど、老齢ということを考え始めて、『敵』にしても『わたしのグランパ』にしても、みんなおじいさんですよね。自分自身はまだ六十代だからそうでもなかったんだけど、いま書いた方が面白かったかな（笑）。ボケてきた

「わたしのグランパ」（東映、2003）

ときの言い訳にもなるしね。『わたしのグランパ』も書き下ろして〈オール讀物〉に一挙掲載でした。

――『敵』は『虚航船団』と同じ「純文学書下ろし特別作品」でした。

筒井　昔は「書下ろし特別作品」を出したらかならず買う人がいたんです。十万部は必ずいくということだったんだけど、このときは、もうそこまではいかなくて、売れ行きに陰りが見えてきた。いちばんよく売れたのはやっぱり短篇集で、『宇宙衞生博覽會』が十八万部売れた。文学作品だとそんなに売れない。雑誌に掲載した場合は、エンタメ系の雑誌の方が原稿料が倍ぐらい良い。だから『わたしのグランパ』は〈オール讀物〉に一挙掲載してもらったんです。このときに原稿料が数百万円入りました。

――映画化もされましたね。

筒井　最初は主役を高倉健にしてもらおうということでしたが、健さんがはっきりおじいさんとわかる役は嫌だというので、じゃあ文太さんしかいないなと。高倉健さんだとグランパのユーモアが出せないから、結果的には菅原文太さんで良かったと思います。

――ヒロインの石原さとみは？

筒井　ホリプロのタレントスカウトキャラバンがあって、彼女はそこで出てきた。選考会には私も出たんですけど、十人ぐらいいたかな、孫娘はグランパと喧嘩をよくするし、怖い顔ができないといけないので、みなさん怖い顔をしてくださいと言うと、石原さとみ以外、みんなできなかったんです。石原さとみしかいないじゃないかというと、それで決まりました。文太さんとは二、三回会いましたね。あのときは、女の子を川から助ける所があって、その日は川で溺れるロケのあとで、ビショビショになって、風邪を引きそうになってやってきましたね。溺れる女の子の選定に相当に難航したらしくて、グランパにしがみつく動きをやってくれということで、一人は足をからめてきたとか（笑）。だからその子を選んだそうです。それから石原さとみが日本アカデミーの新人賞を獲って、助演男優賞には文太さんの名前も挙がったんだけど、断っちゃったのね。でも、あれは文太さんが主役だから助演というのは失礼な話ですよね。次は『愛のひだりがわ』か。

――二〇〇二年ですね。岩波書店。

筒井　これはいい収入になるはずが、その意味では失敗しましたね。大塚社長が家までやってきて、童話を書いてくれと。ほんわかしたものはダメだから、というので書いたんだけど、書下しだったので結局あまり売れなくて。ドラマ化の話もうまくいかなかったな。時間が経つうちにヒロインにしようといってた娘が、どんどん大きくなっちゃって。

――話はほんわかしていますけど、設定は近未来で、かなり殺伐とした設定です。

筒井　『わたしのグランパ』を監督した東陽一さんも映画化の意欲はあったみたいですけど、お金が『グランパ』の十倍ぐらいかかるというのであきらめてしまった。

――そのあと新潮文庫に入りましたよね。

筒井　僕の本の中では売れ行きは大したことがなかったですね。

――二〇〇二年から徳間文庫で自選傑作集が出ています。

筒井　昔の作品は、タイトルと中身はおぼえているんです。担当者もおぼえています。分からないのは、いつどこに発表したのかということですね。そのへんは日下さんがインタビューでフォローしてくれて。

――それをやっているあいだに新潮文庫からも傑作集が出始めました。

筒井　再編集してくださるところがあるというのはありがたいですね。初めてそれを読んでくれた人が新たな読者になって、最近の作品も読んでくれる。そうなってくると、やっぱり長生きはしないといけないなと（笑）。

――二〇〇六年からは角川文庫でも再編集の短篇集が十冊ぐらい出ています。

筒井　この前、松浦寿輝さんと話をしていて、短篇十選というので彼がいい短篇と思うのを十本みせてもらったんですけど、そのなかに「馬」というのがあるんですよね。おぼえてないなあと思っていたんです。よくこんなものをと思って、話を聞いてやっと内容を思い出したんです。彼は絶賛していましたね。

——ベストテンは、筒井ファンが十人いたらみんな違うと思います（笑）。

筒井　短篇はいっぱい書いているので。集計すれば「おれに関する噂」とか「佇むひと」なんかは入ってくるんだろうけど、それは嫌いという人もいるしね。だから代表作のない作家なんですよ、結局（笑）。代表作が多過ぎてないというか。これ一本という作品がある人とどちらが幸せなのかということですね。このままだと『時をかける少女』が代表作になってしまうので困るなと（笑）。いや、まあ別にいいんですけどね。

（場内爆笑）

——二〇一〇年に、金の星社から少年もののセレクションが出ましたね。

筒井　なにが入っているのか覚えていないのですけど、文学者の女性のかたに非常に丁寧な解説を書いてもらったことは覚えています。

——作品に戻って二〇〇六年の『銀齢の果て』についてはいかがでしょう。

筒井　老人を書くのに飽きてきて、このへんで集大成にしようと皆殺しにして（笑）。すべてのキャラの似顔絵を描いてくれと山藤章二さんに頼んでたら、とげぬき地蔵に一日中いて、いろんな老人をスケッチしてきてくれた。ぼくの考えたキャラも二つ三つありますよ。年齢をバラけさせるために同い年の人はあまり出てこない、それでずいぶん考えました。編集者から絶妙なバランスだとほめられましたね。東映の殺陣をやっていた人がこれを読んで、すごいのがあるぞと、殺陣をわしにやらせろ、というので東映に持ちこんで、よしやろうというのでやってきたんです。それからしばらくして、おじいさんが災害で大量に亡くなるという事件がありまして、これは今ちょっとマズいだろうというのでうやむやになってしまいました。

——撮影するにしても出演者はお年寄りばかりなので……。

筒井　早く撮らないと子役は大きくなるし、老人は死ぬ。

（場内爆笑）

——次は『巨船ベラス・レトラス』ですね。これは文壇ものということで『大いなる助走』の直系にあたる作品です。

筒井　これは、少し前までの文壇の総括みたいなものですね。これを書いた時点で少し古い部分もあるんです。ある一定の時期に書いておこうと思って。二〇一六年に『罪の声』を書かれた塩田武士さんの新作『騙し絵の牙』が出版界を舞台にした作品でした。大泉洋が表紙でね。これを読むと僕も知らないことがいっぱいあってビックリしました。編集者が主役で大物から新人まで多くの作家が出てくる。かかわってくるのがパチンコとテレビドラマで、作家と編集者とのやりとりはあまり出てこない。広告代理店、テレビ局、パチンコ屋、そういうものとの折衝の話がメインで。これはとても書けないなと思いました。

■『ダンシング・ヴァニティ』『ビアンカ・オーバースタディ』と『モナドの領域』

――二〇〇八年に『ダンシング・ヴァニティ』を刊行して。

筒井　これは、僕の場合は特例だったらしいんだけど、〈新潮〉からエンタメの雑誌の原稿料と同じだけをいただいたんです。これにはちょっとこっちが気の毒に思って、もう半額でいいですと言ったんです。当然むこうは喜びました。じゃあ、手抜きしてやれと思って（笑）。手抜きのために考えた小説だったんですけど、絲山秋子さんと清水良典さんに褒められて。単行本の表紙に女の子ふたりが踊っているんですけど、あの人形は割と大きいんですよね。実際には一体だけなんです。一体をふたつにしている。

――表紙もコピペだったとは（笑）。

筒井　あの人形、家にあるんですけど大きくて邪魔なんだ（笑）。来年、世田谷文学館でやってくれる筒井康隆展で売りに出そうかな。（注：二〇一八年十月六日‐十二月九日開催）

――次は、二〇一一年の『漂流　本から本へ』という自伝的なエッセイなんですけど、筒井さんが読まれた本を年代順に挙げていくという。これがものすごく面白くて。

筒井　ハイデガーにぶちあたるまでですね。もちろんあれ以外にも山のように本は読んでいる訳ですが、今の小説の状況からみて、古典としてはいいかもしれないけど、ちょっと無意味だなと思ったものは全部はぶいています。

筒井　太田が悪い。ですね。ずいぶん流行りましたね。

――二〇一二年に『ビアンカ・オーバースタディ』を。

筒井　やっぱり「涼宮ハルヒ」ですね。それで俺もひとつ稼いでやろうと思って。ある程度売れるだろうとは思っていました。少なくとも十万はと思ったけど、ダメでしたね。七万だったかな。

――〈ファウスト〉自体がなかなか出なかったですね。このころライトノベルを書こうと思ったのは。

――いや、いま七万部売れる本はなかなかないですよ！　もう続きを書く気はないから誰か書いてよ、といったら、本当に書いてきた人がいました。

筒井　本人にも会いましたし、読みました。たいしたことないだろうと思っていたら、面白くてぶっとびました。どこにああいった才能が埋もれているかわからないですね。文学賞の選考委員を二つやっていますけど、それにしては、新人の作品であまりいいものがないんですよね。ひと昔前は純文学の方がだんだん実験小説とか、わけのわからない小説の隘路に入っちゃって。どうしても売れ行きは悪くなるし。でも最近になって、昔の自然主義ふうのいいものを書かれる、髙村薫さんとか、松浦寿輝、彼なんかは完全に映画ですよね。そういうものでいいものがでてくる。ちょっといまはエンタメの方が低迷しているのかな。ＳＦはいいのが出てきているらしいね。円城塔はいいですよね。

――円城さんの実験的な小説は凄いです。

筒井　ＳＦの方には、ああいうのを受け入れる素地があるんだよね。

――それは筒井さんがいろいろ書かれていたからです（笑）。今度ハヤカワ文庫から出る『日本ＳＦ傑作選』というシリーズの第一巻は筒井さんの巻ですが、「フル・ネルソン」とか「デマ」とか実験的なものをたくさん入れています。

筒井　「デマ」は文庫にするのは無理だと思っていたけど、よく入れたね。

――それはハヤカワの人が頑張ってくれました。最後に『モナドの領域』の話をおうかがいしたいんですが、コレクションを始める前に、次の長篇は神様がテーマだとおっしゃっていましたが、準備にはどれくらい。

筒井　準備といったら、それはもう、幼稚園でカトリックで、みたいなところから（笑）。カトリックとプロテスタントと両方の教育を受けましたし、同志社の神学部は、イスラム教を教えているのは日本ではあそこだけらしいですね。むかし〈哲学〉という雑誌があって、神学者や哲学者のエッセイが載っていたんです。それで、以前に『エディプスの恋人』

『モナドの領域』（新潮社、2015）

でちらっと出したお爺ちゃんの神様、それを形を変えて出してやろうと。正確にはいわゆる信仰上の神様ではないんですけど、創造主にはちがいない。なぜ書いたのかというと、神様というものはないということをいいたかったんです。でもそれを直にいうと大変なことになるから、ああいう形でしか書けなかった。それを書いてしまったら、他に書くことはないだろうなと思って、「最後の長篇」ということにしたわけです。まあ「最後の長篇」と言ってしまった以上は、少なくともあと百年は書けないです（笑）。

――『聖痕』の広告にも「最後の長篇」とありましたが。

筒井　いやいや、そんなことは言ってないよ。（スライドで新聞広告が映る）……書いてあるな。これ、あと二、三回はいけるな。

（場内爆笑）

――「最後の長篇」と言ったのにまた長篇を出したじゃないか！　と怒る読者はいないと思いますので、また、ぜひ長篇も書いていただきたいですね。

筒井　長篇は分からないですが、短篇集の方はあと一冊は出すつもりでポッポッと書いております。

――今回の《筒井康隆コレクション》は文庫で品切れになっている長篇や連作を復活させるだけでなく、全集からも洩れた作品を補完するつもりで編集しました。これをきっかけに筒井作品に入ってくる人が増えればうれしいですし、昔からのファンの方には魅力を再確認していただければと思います。長い間お付き合いいただきまして、ありがとうございました。

筒井　どうもありがとうございました！

（場内拍手）

（二〇一七年十一月十二日／於・新宿文化センター　小ホール）

第二部　自選短篇集　自作解題

インタビュアー&構成・日下三蔵

『筒井康隆　自選短篇集』（徳間文庫、全6巻）

①ドタバタ篇
自作解題

——筒井さんの膨大な作品群から、傾向別にセレクトした自選傑作集が出ることになりました。そこで、作品執筆当時の思い出話などをうかがっていきたいと思います。筒井さんは作品の内容というのは、ずっと覚えておられるものですか？

筒井 内容は覚えてますよ。でも、いつ、どこへ書いたかは忘れてしまう。ショート・ショートなどでも、内容はだいたい覚えているけどね。

——今回、いちばん古いのは「**慶安大変記**」（高三コース／66年12月号／「慶安の変始末記」改題）という予備校を舞台にしたドタバタものです。これは受験雑誌の〈高三コース〉に発表されました。

筒井 そうでしたそうでした。それ、あとで〈ＳＦマガジン〉にも載りましたよね。

——六六年の〈高三コース〉に載って、翌年の〈ＳＦマガジン〉十月号に再録されてます。

筒井　そうでしたね。僕は〈ＳＦマガジン〉に最初に登場したころは、あんまり評判がよくなかったんですよ（笑）。あのころ人気投票してたでしょう。

――人気カウンター。

筒井　そうそう、読者アンケートね。最初のころは、僕はビリッケツの方でしたね。でも、だんだんと人気がでてきて、そのころはもう〈ＳＦマガジン〉の常連みたいにしてずっと書いてた時期なんで、やたらと原稿をほしがったわけです。で、僕は〈高三コース〉に頼まれてこれを書いているときに、ちょっと〈高三コース〉にはもったいないなあと思ったわけ（笑）。結局、大人向きのギャグは入れられませんでしたけどね。あとで〈ＳＦマガジン〉に載せるときに、それを入れたかどうかは忘れましたが、とにかくちょこちょこっと手を入れたはずです。それでいちおう〈高三コース〉に載った作品であると断って、〈ＳＦマガジン〉に再録したわけです。

――素材的には一般向けでもじゅうぶんイケると思われていたということですか。

筒井　というか、もう発想がね、僕はわざわざ高三向きにとか、そういう発想ではないからあったの。ちょうどそのころは原宿駅前の森ビルに住んでいてね、すぐ横に代々木ゼミナールがあったの。代ゼミの子がずらずらずらずら朝晩通るわけですよ。この子ら大変だなあと思ってたことがあって。

――主人公が、家の隣に予備校ができたと言ってますね。

筒井 そうだそうだ。すぐ隣ではなかったけどね、代ゼミは。二筋か三筋離れてたかなあ。あそこに「スオミ」という喫茶店があって、その向こうに代ゼミがあったんだ。いまもまだあるのかなあ。

――「慶安大変記」は〈高三コース〉から〈SFマガジン〉に転載されてますが、逆に「ベトナム観光公社」（SFマガジン／67年5月号）は〈SFマガジン〉に載ったあとに、〈高一時代〉に転載されました。六七年ですから、昭和四十二年です。

筒井 じゃあ、そのころそんなのをほしがったんですね。それは僕はあまりよく覚えてないな。それはまあ断りの電話の一本ぐらいで勝手にやったんでしょう。

――高校生向けの雑誌に書かれてた作品というのは、大人向けとあまり区別せずに。

筒井 そうですよ。もう高校生は大人だからね。

――短篇集でも『ミラーマンの時間』は、ほとんど大人向けと変わらないような感じで。

筒井 そうですね。岩波書店から出たばかりの『愛のひだりがわ』という長篇。あれも児童書ということになってるけど、内容はほとんど大人向けですよ。主人公が女の子というだけでね。殺人はあるわ、会社の乗っ取りはあるわ、最後のほうなんか子どもには難しすぎて、わかんないかもしれない。

――つづいては「**アルファルファ作戦**」（SFマガジン／67年8月号）。これは老人社会というか、老人ホームを舞台にしたドタバタで。

筒井　なんか老人のドタバタというのはわりと好きでいくつか書いてますね。最近は自分が老人になったからシリアスな老人ものになってきたけれども、そのころはおじいさんというのは面白くて。おじいさんの話でイカモノ食いの話がありましたね。

――「断末魔酔狂地獄」。

筒井　それは今回入ってましたっけ？

――候補には残っていましたが、最終的に落ちてしまいました。老人ものだから「アルファルファ作戦」とどちらかにしましょうということで。摘出した癌を食べてしまうという、すごい話（笑）。

筒井　そうそうそう。湯通ししろとかね（笑）。

――平均寿命が百六十ぐらいになってて、なかなか死なない社会というブラックな作品でした。一方、「アルファルファ作戦」はさわやかというか。

筒井　そう、ヒューマニズムですね。もう〈SFマガジン〉の常連になって、だいぶ調子に乗っているときの作品だな。

――三冊目の短篇集のタイトルにもなった傑作です。当時の〈SFマガジン〉は、作品の内容的な制約はほとんどない感じでしたか？

筒井　ないですね。初代編集長の福島（正実）さんがお元気なころで。だからギャグなんかも、もういくら入れてもいいということで（笑）。「アルファルファ作戦」なんかとくにそうですね。つい最近、池澤夏樹が、「筒井康隆に秀逸なギャグがあって、『あれが火事だということは火をみるよりも明らかだ』」と、新聞に書いてた。読んでたんだね、知らなかった（笑）。

――池澤さんはSFがお好きで、長篇の翻訳もされてます。

筒井 いま、谷崎賞の選考会でいっしょですけどもね。文学に関してあまり意見は合わないけど、書くものは彼もマジック・リアリズムみたいなものを書くしね。

――「アルファルファ作戦」は、今回のなかではSF色がいちばん強いものですね。

筒井 そうですね。

――SF色という点では「アルファルファ作戦」と、つぎの「**近所迷惑**」（SFマガジン／67年10月増刊号）。これは多元宇宙（パラレル・ワールド）ものですね。

筒井 そのちょっと後に、中間小説誌のドタバタ時代が来るんだけど、これはまだ、〈SFマガジン〉のドタバタ時代の作品ですね。初期の作品、「お紺昇天」や「うるさがた」のようなちょっと気のきいた短篇から、「東海道戦争」を経てドタバタに移ってきた時期なんだ。で、初期のころからずっと僕の作品が好きで、「天才だ天才だ」なんてやたらとウケまくってたのが、小林信彦と稲葉明雄なんだけど、この二人が、なんか「近所迷惑」あたりから「芸を見せびらかしはじめた」なんて悪口を言ってたらしい（笑）。

――昭和四十年代だと、もう小林さんは評論家でしたか？

筒井　まだ中原弓彦だったころね。そのころはやっぱり〈ヒッチコックマガジン〉の編集長・中原弓彦、それから評論家・小林信彦ですよね。まだ小説はあんまり書いてなかった。

——中原名義の長篇『虚栄の市』が出たのが、昭和三十九年です。

筒井　僕は、彼の初期の作品では、『虚栄の市』は好きでしたね。そのあと本名の小林信彦で純文学的なものを書くんだと言いだして、そのときは僕はあんまり感心しなかったから黙ってたんだけど、結局、小林信彦名義で『唐獅子株式会社』なんか書いてるんだものね（笑）。

——ドタバタものに関しては筒井さんの影響が強いということは、小林さんもご自分でおっしゃってますね。

筒井　ドタバタというか、彼はパロディなんですよ。彼の風刺は、非常にすぐれてますね。

——主な作品発表の場が中間小説誌に移って、**「アフリカの爆弾」**（オール讀物／68年3月号／「アフリカ・ミサイル道中」改題）が載ります。これもいろいろと思い出があるのではないかと思いますけど。

筒井　書いたのは、これのほうが前じゃなかったかなあ。これ、〈オール〉に渡したら、編集長が「アフリカの爆弾」というタイトルがよくわかんないって言って、「アフリカ・ミサイル道中」というひどい題名に変えちゃったんだ。嫌がってるのに無理やり。そのあと『アフリカの爆弾』にもどして、これをタイトルストーリーにした短篇集を出したんだけども、それが売れなかったんですよね。

——あ、そうだったんですか。

筒井 最初はあんまり売れなかった。で、その担当者がタイトルを変えた編集長と会ったら「タイトルをもどしたから売れなかったんだ」なんて威張ってたらしいんだけども（笑）。これは、文庫になってからはもう爆発的に売れましたね。でも、福島さんはあんまりこれをほめなかったなあ。「色眼鏡の狂詩曲（ラプソディ）」のほうがいい、なんて言ってたなあ。

——このころは、もう中間小説誌でバリバリこういうドタバタものを書かれてますが、一般読者の反応はどんな感じだったんでしょうか。

筒井 まったくわからなかったですね。編集者も何も教えてくれないし。山下洋輔たちとつきあいはじめたのもそのころだったと思うけど、彼の演奏活動は新宿のピットインが根拠地だった。そのピットインの隣の喫茶店に、よくみんなでたむろしてたんです。そこにいるときに、髭を生やしたりした若い連中が、遠くから僕の噂をして、「そうだよ、売れっ子なんだよ」てなことを言ってた。「あれっ、おれ、売れっ子なんだ」と、そのときはじめて認識した。彼らは『50何億の妄想』とか言ってたけど（笑）。

——『48億の妄想』の数字をまちがえて（笑）。

筒井 『アフリカの爆弾』のつぎに『筒井順慶』が講談社から出ているんだけど、これはあんまり売れなくて、そのつぎの『ホンキイ・トンク』が売れた。単行本で売れたんですね。紀伊國屋なんかに行ってみると『ホンキイ・トンク』が積んであって、若い連中が「あ、これだこれだ」と言って買っているの。話題になってるんだなあと思って、そのころからですよね、とくに文庫が売れはじめたのが。

——文庫はもう、出たらベストセラー。

筒井 あのころから、もう角川は文庫をやってくれたの。まだ売り出したばかりの人間を文庫にするというのはね、ちょっとめずらしいことだと思ってたからね。だから、文庫にしたいといってきたときは、おどろきました。

——角川文庫の最初は『幻想の未来』でしたが。

筒井 そうそう、それが意外と売れたんでびっくりした。あんなものがね。

——〈宇宙塵〉に連載された本格SFものですね。

筒井 そうですね。『幻想の未来』はハードカバーを出した南北社が倒産しちゃったんだよね。あれにはおどろいた（笑）。こういうこともあるんだと思って。

——七〇年代に入って、「**欠陥バスの突撃**」（アサヒ芸能問題小説／70年1月号）。

筒井 これを書いてだいぶしてからだけども、ウディ・アレンのセックスに関するなんか長いタイトルの映画、『ウディ・アレンの誰でも知りたがっているくせにちょっと聞きにくいSEXのすべてについて教えましょう』か、あれのいちばん最後のエピソードというのがおなじなんですよ。この場合は、ウディ・アレンたちが精子になっているんだ。そしてモニターで相手の女の顔が映ってね、「そろそろ発射だから集まれ」なんてことを言ってる。で、「あれっ、似ているなあ」と思って。そうしてたら、開高健が「筒井康隆はだめで、ウディ・アレンのその最後のエピソードなんていうのは傑作だ」なんて書いているんですよ。バカだな、知らないでと思ってね。あのときは腹が立ったね（笑）。

――このアイデアはどういうところから。

筒井 そうですね、このころはわりとそういうアイデアが出てきたからね。僕としては舞台のイメージがありましたね、舞台でやったら面白いだろうというね。バスの中だけのね。実際、舞台でやったんですよ。それは何回か若い連中がやってます。やっぱり面白い。

――つづいて「**経理課長の放送**」（問題小説／71年12月号）なんですが、これはもう全篇独りしゃべりですね。

筒井 〈海〉の編集長の吉田さんという人がSFが好きで、〈海〉にSF純文学を書きませんか、というのよ。で、最初に書いたのが「家」ですよ。それから別冊で「新宿特集」をやるというので書いたのが「新宿コンフィデンシャル」。それからしばらくして「経理課長の放送」ができたので、これは面白いなと思って。まあ、まさか〈海〉には載らないだろうけれども、載れば載っても別にかまわないやと思って出したの。そのときは吉田さんじゃなくて、ほかの人が原稿を返しにきたんですね。「これはちょっと」と。

――さすがにダメだと。

筒井　ダメとは言わなかったけどね、「こういうアイデアはどうやって思いつかれるんですか」なんて、本人は感心してたんだけどもね。まあ面白かったんでしょうけれども〈海〉にはちょっとと。その編集者が村松友視です。

――このへんの作品は声を立てて笑ってしまうので、電車の中で読んでいると危険なことがあります。

筒井　結局〈海〉から返されたので、もうちょっとギャグを増やして〈問題小説〉に載せたわけですね。

――つぎは「**自殺悲願**」（週刊小説／73年4月6日号）。本を売るために作家が自殺しようとするというメチャクチャな話ですね。

筒井　死のうと思ってなかなか死ねない、自殺しようと思って死ねないという話はよくあるんですよ、映画にもね。最初はおなじギャグも使えないしと思ったけど、途中からいっそ全部使ってやれと（笑）。で、あらんかぎりの自殺未遂ギャグを放りこんだんです。だから、ものによっては映画で見たと思った人がいるかもしれないね。でも、結局首吊りで家がつぶれるというのは、僕のオリジナル（笑）。

――そういうギャグは、メモをとったり、あらかじめ整理しているんですか？

筒井　それはしません。ほとんど記憶ですよ。これは書いてしばらくしてから、藤本義一が誉めてくれたなあ。

──つぎの作品は「**弁天さま**」（問題小説／74年9月号）。これは伏字が（笑）。

筒井　これはとにかく伏字ばっかりでやったら面白いだろうというアイデアで書いたわけです。ちょうどこのときに、梶山（季之）さんの訴訟があったんですよね。僕はそれより以前に書いてたんだけど、出版されたのがちょうどその時期にかちあって、徳間書店の担当編集の菅原さんはおおよろこび。じつにいいタイミングだというのでハガキをくれましたよ。そうしたら東京新聞の「大波小波」かな、「苦しんで苦しんで書いたものが伏字になっている作家もいるのに、こういうのを逆に使うとはけしからん」なんてのが載った。バカだね、ほんとにもう。あのころは、なんかやるたびにバカが「大波小波」に書いたね、かならず。

──なんの説明もなしに弁天さまが来て、実は伏字の部分を書くのが目的であるという。

筒井　そうですね。でも、突然なんかが来るというのはね、そのころわりと流行ってたんじゃないかな。星（新一）さんには「突然大黒さまがやって来た」というのがある。だいぶ後だけど、横田順彌にも「ある日、横断歩道がやってきた」というのがあったな（笑）。

──筒井さんの「死にかた」では鬼が来ました。

筒井　そうそう、突然なんかが来るというのは、理由もなんにもない。で、そこで何が起こるかということなんだけど、やっぱり、最初に何が来るかによってある程度インパクトは決まってしまうからね。

──ちょっとあいだがあいて、十年ほどとぶんですが、最後の作品は「**おれは裸だ**」（小説新潮／86年2月号）。久しぶりのドタバタ作品です。

筒井　この時期としてはめずらしい。たぶん短篇だと最後じゃないかと思うんだけど。

──そうですね。この時期にドタバタのアイデアを思いつかれたというのは。

筒井　なんだったかなあ。えーと何年でしたっけ。

──八六年ですから十六年前ですね。

筒井　えーとね、「おれはエイズだ」というのを思いついてね（笑）。書こうかと言ったら女房が「もうそれだけはやめてくれ、たいへんなことになるから、それだけはやめてくれ」と（笑）。それでこれを書いたんじゃなかったかな。

──代わりにですか（笑）。

筒井　うん。でも、アイデアはひとつもらいましたよ、女房から。「もし裸で町中に出ていったらどうするか」と聞いたら、「トイレにとびこんで、トイレットペーパーで体をぐるぐる巻くかもしれない」と。あ、それはたしかにいいなと思ってね。だけど、小説では溶けてくるんだよ、あれ。ものすごいことになるの。

──雨が降っているので（笑）。

筒井　そうそう。ドロドロになっちゃうんだ。そもそも水に溶けるんだものね、あの紙は。それでまたギャグがふえたりしてね。だけど、もし「おれはエイズだ」なんて書いてたらたいへん。『文学部唯野教授』にエイズを怖がる教授がちょっと出てくるけどね。もしこの調子で書いてたら、それはたいへんなことになっただろうね（笑）。

――とにかく隙がないというか、計算しつくされたドタバタですね。長篇だとドタバタを意識して書かれたというのはどのへんなんでしょうか。

筒井　いや、それはあまりない。いま「計算して」とおっしゃったのは、プロットのことだと思うけれども、ドタバタではだんだん盛り上げていくのに、プロットが一番だいじですよね。でもそれは、特にドタバタものに限らず、他の作品でも同じだから。こんどの『愛のひだりがわ』でも、やっぱりみんなプロットに感心してる。プロットがすごいと言って。井狩春男さんなんかは、まだ僕が書いてないうちに、筒井康隆のプロットのうまさは定評があるなんて、言ってくれたけど、僕はわりとそれは訓練できてるんだよね。結局、劇映画をいっぱい見て体にしみついてるから。

――筒井さんのようなドタバタ小説は、いま、少なくなっているような気がします。

筒井　そのころからなかったよ（笑）。でも、いまのほうが書きやすいでしょう、書こうと思えばね。ただ、『SFバカ本』なんかに書いてる人でも、ストレートなドタバタはあまりない。

――ドタバタものを書くには、体力がないとつらいという話を聞いたことがありますが、やはりそれは如実に出るものですか、そのときの体調や体力が。

筒井　それはありますね。このときは体調がよかったんだろうね。いま、裸になって走り回るというのは、ちょっとしんどいわね（笑）。

――ドタバタもそうですし、SF自体体力を使うという話は皆さんされてます。

筒井　いや、僕はSFは特にしんどいとは思わない。僕のはワンポイントSFといって、最初にポンとアイデアがあったら、そのアイデアしだいでゆけるからね。でも、ドタバタはしんどいですね。

――それでは、第一巻に関してはこんな感じで。今日はどうもありがとうございました。次巻はショート・ショート傑作選なので、作品数が多くて大変ですが（笑）。

筒井　いや、それはいいですよ。自選集に入れるような作品は、たいがい覚えてるもんだから。時間のある時にいらっしゃい（笑）。

二〇〇二年一月二五日収録

②ショート・ショート篇

自作解題

――第二巻は「ショート・ショート篇」です。かなり発表年代に幅があるんですが、初期の同人誌〈ＮＵＬＬ〉に載った作品からお話をうかがいたいと思います。〈ＮＵＬＬ〉は筒井さんがご家族で出していらっしゃったという。

筒井　そうです。私の会社員時代ですけどね、同人誌を出そうと電車の中でフッと考えて、これをマニアに呼び掛けるんじゃなくて家族だけでやったらどうかと。弟たちもみんなＳＦファンだったから。

――まだ〈宇宙塵〉もできたばかりというころ。

筒井　いやいや、〈宇宙塵〉はもうできてだいぶ経ってましたね。それはもうだいぶ先行してました。〈ＮＵＬＬ〉の創刊が一九六〇年でしょ。〈宇宙塵〉はいつですか？

――〈宇宙塵〉は五七年なんですけど。

筒井　エーッ、いや、そんなはずない……そんなですか？　もっと老舗（しにせ）かと思ってたけども、そんなもんだったんですか。はあ……。

――〈NULL〉も老舗です（笑）。〈宇宙塵〉の作品が〈宝石〉に載りはじめたのと、筒井さんのデビュー作「お助け」が転載されたのと、時期的にはあまり空（あ）いていません。

筒井　そう、いちばん最初は「お助け」ですね、あれは〈NULL〉を江戸川乱歩に送ったんです。そうしたらそのなかから兄弟三人のものを一つずつ特集してくれて。

――SF家族の同人誌として紹介されました。

筒井　最初は父親宛に手紙がきたんですね。たしかその年の夏に乱歩さんのところへ行って……あ、その前に、当時の〈宝石〉編集長の大坪直行さんが大阪のうちにみえたんだ。

――大坪さんは今のいんなあとりっぷ社の社長さん。

筒井　そうそう。それでこんどは僕のほうから〈宝石〉に挨拶に行って、大坪さんに連れられて池袋の乱歩さんのお宅まで行って、それでお目にかかったんですね。

――乱歩さんの推薦でデビューした推理作家は多いですが、SF作家は珍しいですね。

筒井　そうですかね。星さんはどうだったのかな。

――星新一さんの「セキストラ」が載ったのは江戸川乱歩編集の〈宝石〉ですけど、実際に推薦したのは大下宇陀児（うだる）さんなんです。大下さんが〈宇宙塵〉を乱歩さんに見せて。

筒井　ああ、大下さんはSFがお好きでしたからね。

——それからはしばらくは兼業作家ということで。

筒井　べつにどこから注文があるわけでもありませんしね。それから五、六年かかってますね、あちこちに書きはじめるまでは。

——かなり早くから書かれているのが〈科学朝日〉という雑誌なんですが。

筒井　これは〈NULL〉を出して二年ぐらいあとですかね。

——そうです、〈科学朝日〉は六二年からです。

筒井　〈NULL〉が出たときに、いろいろ取材に来てくれたなかに、大阪の朝日新聞の人もいたんですね。それで、話があってやりはじめたんです。それまで山川方夫さんがSF的なショート・ショートを連載なさっていたんですが、山川さんが交通事故で亡くなって、代わりに僕が書くことになったわけです。

——山川さんは〈ヒッチコックマガジン〉でもショート・ショートの連載を。

筒井　そうですね。僕も〈ヒッチコックマガジン〉に作品が転載されてましたから、似たような作家だと思われたんじゃないですかね。

——〈科学朝日〉の作品を見るとかなりSF色が強いですが。

筒井　僕は〈科学朝日〉だから当然SFというふうに、頭からそう思ってましたからね。わりと何でも載せてくれたんですね。

——いちばん古いのが**「パチンコ必勝原理」**（科学朝日／62年6月号／「大ばくち」改

題〉ですね。

筒井　あれ、〈科学朝日〉なんですか。はあ、よくまあ（笑）。

――一応、数式も出てきます（笑）。他に「**トンネル現象**」（科学朝日／65年12月号）「**ベルト・ウエーの女**」（科学朝日／65年5月号）、これは遺伝子操作の未来小説です。「**火星にきた男**」（科学朝日／65年7月号）「**差別**」（科学朝日／62年4月号）が〈科学朝日〉ですね。

筒井　それ、短いのと長いのがあるでしょう。短いものは最初のほうなんですね。というのは最初は一ページの連載だったんです。それが評判よかったのか、半年だか一年してから分量増やすからといって、それで三ページぐらいに増えた。

――あ、そうですね。ちょうど倍になってます。

筒井　だから後半の作品は枚数が多いわけ。でもその分量だと、もうちょっとした短篇ですからね。けっこう苦しんだ覚えがありますよ。

――〈宝石〉が六四年に休刊して、誌名を光文社が引き継ぎますね。その光文社のほうの〈別冊宝石〉にショート・ショートを書かれているんですが。

筒井　あれは同じ〈宝石〉だからというんで、大坪さんが光文社に行って編集長をやってたんで、僕に依頼がきたわけです。乱歩さんにお目にかかったときは、「長篇書かなきゃだめですよ」と言われて、とても書けないと答えた覚えがあります。もうショート・ショートの頭になってしまってるんですよね。実際、注文がくるのもショート・ショートばかりで。でも当時はありがたかったです、注文があるとね。

――やはり星さんのブームがあって、SF＝ショート・ショートのような風潮がかなりあったんでしょうか。

筒井 そうですね、ひねりの効いたラストをもってくるというのがショート・ショートの命題みたいに思われていたから、こっちもそのつもりで。まず最初はサキという短篇作家の「開いた窓」ね、あれが〈宝石〉に載って、すごいなと思った。ジョン・コリアの「みどりの思い」にも驚いた。それからロアルド・ダールね。この三人が目標だったんですよ。だから長篇、べつに書かなくてもいいと。でも、そのうちにフレドリック・ブラウンみたいにショート・ショートも書くし、長篇も面白いっていうのが出てきてね。

――当時の話を聞くと、小松左京さん、光瀬龍さん、半村良さんあたりにも、ショート・ショートの注文がかなりあったようです。なかにはあまり合わないと思ったけど、注文がくるからしょうがなく書いたという方もいらっしゃるんですけど、筒井さんの場合はショート・ショートもかなり積極的に。

筒井 そうですね。まあそのあと、滅多に書かなくなりましたけど。でも、頼まれたら何か書けるという自信はできましたね。小松さんの友達かな、〈団地ジャーナル〉というところに勤めてた人がいるんですよ。千里山にできたマンモス団地、千里ニュータウンで出していた新聞です。そこから書いてくれって、小松さんに言ってきたらしいんです。で、一人じゃ無理だからというので、僕と眉村卓さんと三人で交代で書いた。そうすると競争というか、あの人たちも読んでると思うからね。いいものができるんですよ（笑）。

――今回そのシリーズもかなり入ってますが、やっぱり面白いですね。ぜんぶ団地がからんでくるという。

筒井　そう、それがあとあと新聞だから散逸しちゃってね、誰も持ってないもんだから、それはもう十年以上後のことなんだけれども、ショート・ショート集がいよいよ出るというときになって、掲載紙がないというので探しまわったことがあります。

――筒井さんの分は『あるいは酒でいっぱいの海』のときに初めて……。

筒井　そうですか。じゃあだいぶあとだ。

――小松さんのもかなりあとになって、集英社文庫の『一生に一度の月』に入りましたけど、小松左京研究会の人がやっぱり解説で「なかった」って（笑）。

筒井　そうでしょう。あれ、よく見つかったなあと思う。僕のとこにもなかったな。しかし、いろんなとこから頼まれましたよ、あのころは。デザインの仕事をしていた筒中プラスチック（工業）というところから、「うちの社内誌に書いてくれ」って言ってきて、しかたないからプラスチックＳＦを書きましたよ。何だっけな、「接着剤」だ、あれがそうだ。

――**「接着剤」**は〈セメダイン・サークル〉という雑誌ですが、社内報だったんですか。

筒井 そうそう、それだ、それだ（笑）。

――やはりPR誌に頼まれるとそこの会社に関連した題材で、と向こうから言われることが多いんですか、それとも筒井さんご自身で？

筒井 サービスでやるときもありますね、何も言われなくても。そのほうがアイデアが浮かぶし。なんか取っ掛かりがないとね。

――お題をもらうということで。

筒井 そうですね。**「にぎやかな未来」**（初出不明）なんて、いまだに掲載誌、わからないんですよ。レコード関係の会社じゃなかったかと思いますけど。

――あ、レコードが題材になっていますね。PR誌に載った作品で印象に残っているのは、**「最後のCM」**（やすだ26号／70年7月号）というショート・ショート。これは安田生命なんですね。

筒井 そうそう。あのころはクレージー・キャッツのギャグで「安田ーッ」というのが流行ったんですよ（笑）。ハナ肇が安田伸をパーンと叩くという。

――どこのPR誌に載ったか、一行目でわかる（笑）。

筒井 安田生命の人、笑ってましたけどね。あれ、ニタニタしてたけど、喜んでたのかな、困った顔はべつにしてなかったけど（笑）。

——内容的にまずいというのでボツになったことはありますか。

筒井　ありますよ。田村魚菜さんという料理家の方。お料理教室をテレビでやってた方ですけど、その人の〈魚菜〉という雑誌に頼まれて、「**亭主調理法**」（『にぎやかな未来』三一書房／68年8月刊）を書いた。そうしたら「魚菜先生は包丁は神聖なものであると言ってるから」と断ってきましたね（笑）。

——それ、初出を見ると『にぎやかな未来』の単行本に初収録なんですが、ボツ原稿だったんですね（笑）。筒井康隆先生のショート・ショートと由村白菜先生の原稿が混ざってしまったという（笑）。

筒井　そうそう、それが田村魚菜さんのことなんだ（笑）。

——〈団地ジャーナル〉のあとですが、七一年の朝日新聞にショート・ショートを書かれてるんですが。

筒井　ああ、それはショート・ショートコーナーがあって、僕と小松さんと星さんと都筑道夫さんと、それから笹沢左保さん、この五人で交代でやったんです。だから月一ですね。笹沢左保がなかなかシャレたものを書いたなあ。

——笹沢さんのショート・ショート集、面白いですね。

筒井　面白いね。あんな才能があるとは思わなかった。言っちゃ悪いけど、小松さんより面白い（笑）。

──筒井さんの最初のショート・ショート集『にぎやかな未来』は三一書房から。

筒井 そのときは畠山滋さん、あとで三一書房の社長になった方が担当してくださって、ずい分凝った本を作ってくれた。ショート・ショートの一つひとつにカットが入っているというね。あの本、今、だいぶ高くなってるだろうなあ。

──ぜんぜん見ないですね。僕も三一書房版は持ってないんです。

筒井 ないと思いますねえ。たしか四千部かそこらだったと思いますよ。

──次に出たのが『欠陥大百科』。これは百科事典の体裁をした短篇集です。

筒井 これはあとで集英社へ行った龍円くんがまだ河出書房にいて、彼が何か本を出したいと言ってきた。でも、手元に残っているショート・ショートだけでは一冊にならないんで、エッセイやマンガも入れて、あいうえお順に並べたわけです。

──百科事典のパロディですね。これには書下しはあるんですか。

筒井 書下しはあまりないですね。まあ、つなぎでだいぶ手は入れてますがね。あとでショート・ショート集を作ったときに、そのなかのショート・ショート、大部分持っていっちゃったんですよね。で、残りのエッセイだけじゃ本にならないから、結局、ハードカバーは絶版ということになってしまって。でも、これはずい分長いこと出ていましたよ。

──一九七〇年の初版は定価五百二十円なんですが、千円ぐらいになるまで売ってましたから、ロングセラーですよね。ただ、結局、このかたちでは文庫にはなってないですから、元版をさがして読むしかない。かなり特殊なものですね。

筒井　あのころはだいたい四千部か五千部。六千部も出たら御の字でしたよね。最近は単行本でも何千部という人が多いらしいんで、そんなんで出版社儲かるのかな、なんて思ってたけど、よく考えたら自分がいちばん最初の『東海道戦争』を出したときが三千部だった。あの早川のポケットブックで。で、次の『ベトナム観光公社』で四千部出して、それが売れなかったのかな、その次の『アルファルファ作戦』でまた三千部になっちゃった。

――筒井さんの作品が売れはじめたのは、文庫になってからということですか。

筒井　最初に文庫になったのが『幻想の未来』でしょ。あんなのワッと売れるような本じゃないですよね。それでも売れたんだ。それからその次ぐらいに『にぎやかな未来』が出て、これがものすごかったですね、いまだにベストフェアなんかに入ってくる。

――七一年の『発作的作品群』、これも『欠陥大百科』と並んで文庫化されていない本ですが、やはりバラエティ豊かなラインナップで。

筒井　ええ、それも同じようなことで、徳間（書店）でやってもらった本です。担当は菅原善雄さんでした。戯曲からエッセイ、落語、講談と、いろいろ入っていますが、かなり早く絶版になっていますね。『欠陥大百科』にしてもそうだけど、あまりスキッとしてない、ごちゃごちゃしてるんで、自分じゃあまり好きじゃなかったんですね。それとやっぱりそこからショート・ショート抜いてますから。

——『笑うな』にいくつか入ってますね。でもこれでしか読めない短篇もあって、僕が集めはじめた二十年ぐらい前には、すごく高かったですね。

筒井 それは古書店で買われたんですか。なんでそんな高かったんだろ。

——八〇年ぐらいだと、入手困難なSFの絶版本というのがまだあんまりなかった時期なんです。日本人作家の本で高かったのは、平井和正さんの『狼男だよ』の改竄(かいざん)版。それと『発作的作品群』の二冊でした。

筒井 古書店でいくら高く売れたってこっちは関係ないけどねえ（笑）。平井くんの話が出たけど、彼の奥さんが僕のショート・ショートが好きだと言ったんですね。星さんのよりいいって。なぜなら下品だからって（笑）。それでショック受けてね。この『発作的作品群』も『欠陥大百科』も下品だなあと思って、それでちょっと嫌いになったの（笑）。

——読むほうは、そこが面白いんですけど（笑）。

筒井 下品じゃないよね、星さんが上品すぎるんだ。比較されたら困る（笑）。でも、星さんにはずい分と恩恵こうむってますよ。星さんがショート・ショート一本の値段というのを自分で決めちゃったでしょ。いくら短くても星さんの場合は三十万いただくとかだったかな。出版社はそれに右へ倣(なら)えだから、僕らは原稿料が上がって助かったけど、でも星さんにとってはどうだったんでしょうね。結局、そうなると出版社のほうも、じゃあ三十枚書いてくださいということになってくるでしょう。星さんのショート・ショート、それでだんだん長くなってきた。でも本来はショート・ショートのアイデアで書かれているわけだから、ちょっと間延びしちゃってね。

――星さんの後期の作品が長めになっていたのはそういうわけだったんですか。

筒井　それでまあショート・ショートの依頼自体も少なくなってきたというのがありますね。それからショート・ショートだけじゃなくて短篇でも売れるようになってきて、僕の場合は、非常に幸運でしたけどね。ただ、注文がなくなっても、やっぱり頭には浮かぶんですよね、アイデアが。でも、ショート・ショートの注文がそのころないから、三つか四つあわせて一挙掲載したというのが何回かあります。

――ええ、かなりありますね。〈別冊小説宝石〉とか〈別冊小説現代〉もそうですし、〈週刊小説〉に一挙掲載というのがあります、ショート・ショートを三本組みで。

筒井　〈奇想天外〉にも一度やったことがあるかな。「発明後のパターン」と「**善猫メダル**」（週刊小説／76年10月25日号）、それからもう一つ「**前世**」（週刊小説／76年10月25日号）。あれ、三つともよかったから覚えてるんだ。

――それが〈週刊小説〉です。「発明後のパターン」は今回入ってないですね。

筒井　ええ、あれはちょっと内容が古いので、現代版にしたのがあるんですよ。それは新潮社の『天狗の落し文』に入ってます。

――〈週刊小説〉は七六年ですから、けっこうあとなんですけれども。短篇の注文に対してショート・ショート何本かでその枚数にしたということなんですね。

筒井 そのころにはショート・ショートの注文はピタッとありませんでしたからね。ほかの人に対してもそうだったと思います。でもやっぱりアイデアは出てくるんですよ。

――最近はどうですか、ショート・ショートのアイデアが浮かぶことは。

筒井 ありますよ。それはぜんぶ『天狗の落し文』のなかに入ってる。

――ああ、なるほど。あと、作品でいうと「**腸はどこへいった**」（高二コース／68年3月号）というのが印象に残ってるんですが。

筒井 ああ、平井くんの奥さんが下品だと言ったのはおそらくそのへんでしょうね（笑）。これは初出はどこですか。

――〈高二コース〉です。単語を覚えるのにいちばんいい場所はトイレだというところから話が始まって、よく考えたら、単語は覚えたけど、便通がないと（笑）。僕はメビウスの輪とクラインの壺をこの短篇で知りました。

筒井 あれは図が入ってましたよね？

――入ってました。

筒井 あれ、みんな、なかなか実物がどうなっているのか、まあメビウスの輪はわかるけど、クラインの壺はわかんないって言うから、説明しなきゃいかんと思って。

――クラインの壺の図版が入っている小説はほかに見たことないです。おかげでイメージはつかめましたが、クラインの壺と聞くとこの短篇を思い出してしまって（笑）。
筒井 なんか便所から始まるのが多いですよね。「美女の大便はでかい」という書き出しで始まったのがある（笑）。
――「**逆流**」（週刊小説／76年10月25日号）というタイムマシンの話もオチがすごい（笑）。
筒井 誰でも考えるアイデアなんだけど、実際に書くのは僕ぐらいでしょう（笑）。
――誰でも考えるアイデアではないですよ（笑）。
筒井 いや、考えますよね、タイムマシン、普通は。
――タイムマシンは考えますけど、そこで○○を用意しようとは考えません（笑）。あと少し時事ネタに触れたいと思います。「**90年安保の全学連**」（週刊朝日／68年8月9日号）などですね。やはり全学連というのは、当時はかなり社会的なニュースとして。
筒井 そうですね、七○年安保があって、たしかそのときぐらいですね、書いたのが。九○年安保がくるだろうということで。
――六八年ですね、七○年安保の前。
筒井 「90年安保の全学連」はマンガにしてるんですけどね、そのときはタレントがみんな国会議員になっているというので見開きで描いたでしょ。あのなかにちゃんと大橋巨泉とか、横山ノックとか描いてるんですよ。

――今はタレント議員、ぜんぜん珍しくなくなりましたね。「**最終兵器の漂流**」（小説宝石／68年4月号）というのは「ナポレオン・ソロ」のパロディだと思うんですが。

筒井 ああ、そうですね。ソロの相棒のイリヤ・クリアキンというのが……。

――イリヤ・クリアキンじゃなくて、名前がイリヤ・キシモジンになってる（笑）。

筒井 そうそう。これはちょっと解説で言っといたほうがいいかもしれませんね（笑）。

――〈家庭全科〉というのはどういう雑誌だったんでしょう。

筒井 ようするに婦人雑誌、家庭雑誌ですね。〈婦人画報〉みたいなああいう大判の分厚い雑誌です。それは写真が大きく一ページに載るんですよ。で、それに、ショート・ショートになっててもいいけど、解説みたいなかたちで何か文章を付けると。

――ああお題ですね。〈女性自身〉のショート・ショートもそれですね。

筒井 そうそう、〈女性自身〉のいちばん最後のページに絵が載るんだけど、それに合わせてショート・ショートを書いたんですね。いろんな人が書いてました。生島治郎さんなんかも苦しんでたなあ。星さんの「さまよう犬」というのがさすがの大傑作で、生島さんが「あの人、すごいことやるねえ」なんて言ってた。

――ちゃんと絵と話が合ってるんですね。

筒井 合ってるんです。あれには驚いたですね。海岸を犬が一匹歩いてるだけの絵なんですがね。すごいよ、ほんとに。

――筒井さんは〈女性自身〉のイラスト・ショート・ショートでは「**パラダイス**」(女性自身／68年12月16日号）というのを書かれています。

筒井　あれは男と女の顔だけの絵だったんだ。困っちゃったよ（笑）。

――あのシリーズはいろんな方が書かれているんですが、ぜんぜん本になってないんですよ。絵といっしょでないとわからないせいもあると思うんですが。この前、山田風太郎さんのは、短篇集に入れましたけど、他にも戸川昌子さん、佐野洋さんとか、とにかく当時の第一線の作家は皆さん書いてらしてもったいないですね。

筒井　一冊にすると面白いかもしれませんね。

――ミステリの人も当時はけっこうショート・ショートを書いてますね。

筒井　そうですね、樹下太郎さんはうまかった。佐野洋さんも書いてるし。

――ミステリ作家では佐野さん、樹下さん、笹沢さんがそれぞれショート・ショート集を出しています。あと都筑道夫さんは、それこそ星さんに次ぐほど書かれてましたので、ショート・ショートだけで八百篇近くあります。

筒井　田中小実昌まで書いてる。苦しんだだろうなあ、ぜんぜん資質違うのに、かわいそうに（笑）。

――筒井さんの場合は書きにくいジャンルなどはありましたか。

筒井　いや、べつにないです。おれは何でも書かなきゃいけないと思って。で、むしろそれまでに書いたことのない注文がくるとファイトがわいて、思いがけないものができたりするんですよね。

——ショート・ショートが減ってくるころから〈海〉などに、かなり実験作を。

筒井 そうですね。ショート・ショートも、だから最後のほうになってくるとわりと実験的なものも書いてますよ。「発明後のパターン」とかね。

——そのへんの実験作が、三巻目の「パロディ篇」につながってくるわけですね。それでは、第二巻については、こんな感じでまとめさせていただきます。ありがとうございました。

二〇〇二年四月二六日収録

3パロディ篇
自作解題

——今回は「パロディ篇」ということですが、普通の意味でのパロディ小説というのは、むしろ少数派で、小説自体のパロディですとか、小説以外のもののパロディが多いのが特徴です。まず筒井さんのパロディ観と、これらを選ばれた意図をお聞かせください。

筒井　そうですね、パロディはいろんな種類ありますからね、内容のパロディだけでなく、タイトルだけのパロディとか、文学形式そのもののパロディとかね。ここではこの「裏小倉」が和歌のパロディですし、他にも俵万智さんの短歌のパロディを書きました。

——「カラダ記念日」ですね。

筒井　「火星のツァラトゥストラ」や「日本以外全部沈没」というのは、これはもうタイトルだけのパロディであって、中身はぜんぜん違うわけです。「バブリング創世記」は、聖書の創世記の最初の「誰それ、誰それを生み」というのを、ぜんぶジャズの音楽のリズムであるバブリングに置き換えたわけです。ま、いろいろなパロディがあります。

――それでは、「**火星のツァラトゥストラ**」（ＳＦマガジン／66年8月号）から。

筒井　これはちょうどツァラトゥストラブームがあって、珍しくベストセラーになったんです。それを茶化したわけですね。とにかく寄ると触るとツァラトゥストラという時期があったわけです。いちばん最後に出てくる「ツァラトゥスーダララッタ、スラスラスイスイスイ」、これをまず思いついて、そこから全体のパロディを思いついたみたいなもんなんですね（笑）。

――『スーダラ節』の。

筒井　そう、『スーダラ節』のパロディとして思いついた。それだけじゃ小説にならないから、まあこういう話にしたんです。で、アイデアが固まって、ツァラトゥストラ主演の映画のタイトルなんかもできてたんだけれど、ちょうどそのころ、小林信彦と稲葉明雄と三人で会って飲んだんです。そのときに僕がツァラトゥストラの話をすると、二人がノッちゃって、いろいろとアイデアを出してくれた。あのなかでは旗本ツァラトゥストラというのは稲葉明雄のアイデアですね。で、しばらくして僕がこれを発表したら、小林信彦が、我々三人の合作で発想した作品だということをどっかに書いちゃった。

――作品の発想自体がその時に浮かんだものと思い込まれてしまった訳ですね。

筒井　こっちは困っちゃってねえ。あんまり強くも言えないしねえ。まあ稲葉明雄は死んじゃったけど、小林信彦は、まだあれは自分たちの合作だと思ってるでしょう（笑）。しかたないです、それはね。たしかにその旗本ツァラトゥストラというアイデアはもらったわけだから（笑）。

――しかし、これ、ゴマすり機とか、商品がどんどんエスカレートしていくのが、いかにもありそうな感じで（笑）。

筒井　結局これはタイトルはツァラトゥストラのパロディだけれども、いわゆる歌手が俳優になったり、文化人になったりする、そのパターンのパロディですよね。

――そうですね。筒井さんの場合には、社会現象一般のようなところまで、パロディの対象になってきますね。次の「**日本以外全部沈没**」（オール讀物／73年9月号）は、小松左京さんの『日本沈没』のパロディですね。

筒井　これは「日本以外全部沈没」というタイトルそのものを星新一さんからいただいたんですよ。みんなでわあわあしゃべってるときに、「どうだ『日本以外全部沈没』というものを書かんか」と言われて（笑）、「それいただき！」って、もうそのときすぐにアイデアが出てきたような状態でしたね。だから、タイトルだけでできちゃったみたいなもんです。

――タイトル原案・星新一。

筒井　これははっきりとしておかなきゃいけない。あとで小松さんに言われちゃった。